달팽이는 뒤로 가지 않는다

본 QR코드에 접속하시면 한국 ISBN 센터에 최종 등재된 이 도서의 정보를 확인할 수 있습니다.

달팽이는 뒤로 가지 않는다

김귀자 수필집

시인

묵은 보따리를 풀며

학창 시절 한때 국어 선생님이 좋아서 문학소녀가 되고 싶다는 생각을 해보았다.

그 뒤로, 뒤늦게 글을 쓰기 시작한 것은 삶이 힘겨울 때 나를 추스르기 위해서였다. 내 감정을 그대로 풀어내다 보니 문학 장르 중 '형식에 제약받지 않고 붓 가는 대로 쓰는 것'이라는 수필을 가장 먼저 쓰게 되었다. 그럼에도 수필은 신변잡기로 나를 적나라하게 드러내는 일 같아서 접어버렸다. 그리고 어린이들과 함께하는 아동문학과 시 쓰기에만 마음을 두고 동화집, 동시집, 시집을 펴냈다.

이제 20여 년이 흘러 접어두었던 묵은 보따리를 다시 풀어 첫 산문집을 내게 되었다. 나의 작품집으로 9번째이다. 경기문화재단에서 원로예술인 창작지원금을 받은 덕이다. 움츠렸던 달팽이의 외출이다. 어쩜 나는 달팽이를 닮았는지도 모른다. 무겁고 힘들고 답답하게만 느껴졌던 내게 지워진 짐은 그저 힘든 짐이 아니라 나의 집이다. 어디를 가도 벗어버릴 수 없는 내가 지고 살아갈 집이다. 짐 없는 삶이 어디 있고, 집 없이 어찌 살랴. 짐을 내려놓고 집을 벗어나면 죽음이다. 느릿느릿 기어가는 답답한 모습도 세상 물정 모르고 무딘 걸음으로 길 위에 나선 늦깎이의 모습이다. 그래도 가만히 두면 목적한 곳을 향해 간다. 가는 길에 고개 들어 하늘을 볼 수 있고, 빛을 볼 수 있고, 머리 숙여 꽃향기도 맡을 수 있다. 그리 살면 된다. 느리게 가도 달팽이는 뒤로 가지 않는다. 나도 그럴 것이다. 현재는 언제나 새로운 시작이다.

'수필은 인간학이다. 인간 내면의 심적 나상裸像을 자신만의 감성으로 그려내는 한 폭의 수채화다'(윤재천)라고 하였다. 과연 나의 글이 한 폭의 수채화처럼 그려지고 읽혀질까? 의문이 앞선다. 나를 그대로 드러내 보인다는 건 여전히 부끄럽다. 여과되지 않은 모습은 더욱 그렇다. 그러나 같은 시대에 살면서도 삶의 자리가 달라서 느낌도 표현도 다르겠지만 나눔을 통해서 풍요로움을 가질 수 있지 않을까 한 가닥 희망과 위안을 가져본다. 단순한 신변잡기가 아닌 시대적 삶의 모습, 일상 이야기를 진솔하게 나누며 느낄 수 있는 공감대를 조금이라도 형성할 수 있다면 좋겠다.

대체로 1부는 일상에서 겪은 에피소드를 중심으로. 2부 역시 일상에서의 경험과 개인적 사색, 3부는 가족과 자전적 이야기, 4부는 신앙 체험과 문학기행을 담아보았다.

번듯하게 잘 지은 기와집은 못 되어도 흙 내음 맡을 수 있는 토담집 같은, 하나의 생명이 꿈틀대는 조그만 달팽이 집--《달팽이는 뒤로 가지 않는다》를 내놓는다. 그 안에서 한줄기 고운 햇살에 반짝이는 눈물 한 방울 건져 미소 지을 수 있길 바라본다.

2022년 6월

김 리 자

■ 차례

1부 가슴에 묻은 친구

2부 삶의 그루터기

3부 달팽이의 외출

4부 사랑의 밀알

1부 가슴에 묻은 친구

가슴에 묻은 친구

지금은 고인이 된 40년 지기 친구가 있었다.

각자 바쁜 삶 속에서 자주 만난다거나, 만나서 많은 말을 하진 않아도 서로의 마음을 읽을 줄 아는 말수가 적은 친구다. 맘 놓고 수다를 늘어놓을 수 있는 잦은 만남 대신 안부를 묻는 전화 통화에도 '잘 지내니?', '잘 있다' '출근했니?', '퇴근한다' 등 극히 짧은 한두 단어의 대화이지만 그 속에 많은 이야기가 담겨있음을 알고 활력을 주고받는다.

그러던 어느 날, 어찌 된 일인지 갑자기 소식이 끊긴 적이 있었다. 만남은 물론 전화가 걸려 오지도, 받지도 않았다. 무슨 일이지? 나도 모르는 무슨 오해라도 생겼나? 아님 내가 싫어졌나. 그렇게 쉽게 오해하거나 변할 친구는 아닌데… 불안하고 엉뚱한 상상 속에서 친구를 잃게 되었다는 슬픔에 가슴이 미어졌다. 그 후유증을 스스로 치유하기 위해 기억을 지우려는 연습이 1년 이상 걸렸고, 겨우 마음의 평정을 찾아갈 즈음 나에게 또 다른 정신적 어려움이 생겼다. 불면증에 시달리고 병이 생길 만큼 무척 힘겨웠다.

이때 뜻밖에도 귀에 익은 반가운 목소리가 들려왔다. 죽었던 친구가 다시 살아온 듯 그 기쁨이야… 그토록 견디기 힘든 나의 아픔이 한순간 모두 사라지는 것 같았다. 우린 서로 왜 그랬느냐 그동안 무얼 했었냐고, 그 이유를 묻거나 말하지도 않았다. 그저 묵묵히 그 자리에 변함없이 그대로 있었다는 것만으로 감사했다.

그즈음 찬바람이 가슴을 여미게 하는 어느 가을날, 몇몇 친구들과 산행을 하게 되었다. 하산 길에 어찌하다 몇 발짝이면 건널 수 있는 계곡을 사이에 두고 친구들과 서로 길이 엇갈렸다. 내려갈수록 계곡 폭은 점점 넓어지고 건너편의 친구들이 보였다 안보였다 하며 거리도 점점 멀어졌다. 어떻게 다시 만나지? 길 잃을까 조바심하며 계곡 따라 한참을 걸었다. 계곡물이 흐르다 머문 듯 이어지는 제법 넓은 냇물과 평평한 자갈밭이 나왔다. 냇가 바위에 나 홀로 걸터앉아 숨을 고르며 쉬고 있었다. 그때 건너편에서 왁자지껄 깔깔대는 친구들 모습이 보였다. 야!~ 서로 반갑게 소리치며 손 흔들고… 어떻게 건너지? 신발을 벗어야 하나? 두리번거리며 냇물을 건너려는데 마침 내 눈에 들어온 징검다리. 그 돌다리가 마치 자기를 밟고 건너가라며 묵묵히 등을 내밀고 엎드린 건장하고 믿음직스러운 사람의 모습으로 보였다.

아! "내가 등만 보이는 건/ 네가 싫어서가 아니야…" 잠시 보이지 않는 곳에서 나를 외면한 듯 등을 보였던 그 친구가 생각났다. 힘들 때 무언으로 힘이 되어주고 어려운 고비를 무사히 넘길 수 있도록 활력을 주던 친구, 나도 누군가에게 그런 따뜻한 친구가 되고 싶었다. 가진 건 없지만 나를 필요로 하는 가까운 이웃에게 내 얼굴 보이지 않아도 조용히 등 내밀어 진심으로 도움이 되는 그런 사람이 되고 싶었다. 그래서 빚어진 동시가 바로 내 첫 동시집 《반달귀로 듣고》에 실린 〈싫어서가 아니야〉이다. 졸작이지만 남다른 애착이 가는 작품이다.

몇 해 전 예고도 없이 갑자기 세상을 떠난 가슴에 묻은 그 친구를 떠올리며 썼던 동시를 새삼 되새겨 읊어본다.

> 내가 등만 보이는 건/네가 싫어서가 아니야//
> 잘난 것 없어도/ 건강한 몸 하나 있지//
> 네가 힘들 때 건너 주는 /다리가 되고픈 거지.//
> 산골짝 개울물에/ 무릎 꿇고 엎드려/ 등 내미는/
> 난, 징검다리.
>
> —〈싫어서가 아니야〉 전문

비 오는 날에

주룩주룩 비가 내리던 날 좋지 않은 일로 몸과 마음이 울었다.

일기예보를 듣지 못해 몸뚱이 하나 가려줄 우산도 챙기지 못했고, 괴로운 마음의 눈물을 닦아낼 손수건도 준비하지 못했다. 마음이 아프면 몸도 아프다더니 그 틈새로 몸살감기가 나를 엄습해 왔다. 오늘도 편안한 쉼이 되지 못하고 날밤을 새워야하는가, 채찍처럼 따갑게 들리는 초침 소리가 야속할 뿐이다.

가슴 깊은 곳에서 컹컹대는 아픔이 핏줄을 타고 맴돌다 머물면, 미간에 가늘게 자리했던 세로줄이 더 골 깊게 파인다. 세월 따라 어차피 패여 갈 주름 하나 그리 재촉할 필요가 뭐 있겠는가. 잡힌 주름을 다림질이라도 하듯이 손가락으로 지그시 눌러 문지르며 애써 눈을 감았다. 거미줄 같은 검은 선과 수많은 점들이 눈앞에 아른대며 둥둥 떠다닌다. 몸은 땅속으로 기어들어 가는 것 같다. 보름을 꼬박 시달리며 심신이 무력해지고, 아무것도 할 수 없는 이 순간에도 내가 생각하고 할 수 있는 것이 무엇일까.

그동안 감기 치료 방법도 약국만 고집했던 소극적인 것에서 적극적인 치료 방법이 필요할 것 같았다. 병원에 가기 위해 용기를 내어 자리를 박차고 일어났다.

현관문을 나서려는데 비가 부슬부슬 내렸다. 손에 잡히는 대로 우산을 꺼내 펴 보니 한쪽 살이 부러져 제 모습을 갖추지 못한 찌그러진 우산이다. '쯧쯧 네 꼴이 바로 내 꼴이로구나! 그 여러 우산 중에 하필이면 왜 너니.' 그러나 그 우산 속엔 몇 년 전 비 오던 날의 온정이 고스란히 남아 정감 있게 다가왔다.

친구와 함께 밤늦도록 일을 하다 새벽녘에, 잠든 친구를 두고 밖으로 나오니 비가 내리고 있었다. 다시 들어가 잠을 깨워 우산을 빌릴 수도 없고, 이른 새벽이라 우산을 살 곳도 없었다. 막 운행하기 시작한 듯 덜덜거리는 빈 버스들만이 간간이 빗속을 가르며 쌩쌩 달리고 있을 뿐 인적도 없었다. 버스 정류장까지는 꽤 먼 거리였다. 쉽게 오지 않는 택시를 기다리기도 그렇고 해서 빗속을 걸었다. 뿌옇게 쏟아지는 비를 손바닥으로 얼마나 가릴 수 있겠는가. 그래도 사람의 마음이 때로는 본능적으로 불가항력을 받아들인다. 다섯 손가락을 쫙 펴서 머리에 얹고 비를 피하듯 종종걸음을 쳤다.

'비를 맞으며 혼자 걸을 줄 아는 사람은 인생의 멋을 아는 사람이고, 비를 맞으며 혼자 걸어가는 사람에게 우산을 내밀 줄 알면 인생의 의미를 아는 사람'(김수환 추기경)이라 했는데… 종종걸음치던 그때

의 내 모습은 인생의 멋을 아는 사람이기보다는 애처로워 보였을까? 뒤에서

"아주머니!"

하고 부르는 소리가 들렸다. 뒤를 돌아보는 순간 20대 전후로 보이는 총각이 자전거를 타고 오면서 한쪽 살이 부러져 찌그러진 우산을 내게 넘겨주었다.

"새벽바람도 차고 비를 맞으면 감기 드시겠어요. 이거라도 쓰고 가세요"

"그럼 총각은?"

"전 괜찮아요. 자전거를 탔잖아요."

가볍게 한마디 던지며 바삐 달려가는 자전거 뒤에는 우유 통이 힘겹게 매달려 실려 가고 있었다. 미처 '고맙다'라는 말 한마디 못 하고 우산을 받아 쥔 나는 그 우산 덕분에 정류장까지 여유롭게 걸어갈 수 있었다. 이럴 땐 신문지 한 장도 얼마나 구세주같이 느껴질까, 살이 부러졌으면 어떤가!

버스를 타고 집에까지 오면서 내내 그 총각이 늘 건강하고 행복하기를 빌어주었다.

그리고 그 마음이 고마워 아직 버리지 못하고 보관해 두었던 찌그러진 우산이 오늘 또다시 내 앞에 펼쳐진 것이다. 순간 그토록 지독한 독감도 훌쩍 빠져나가는 것 같았다. 살아 있구나!

'삶이란? 우산을 펼쳤다 접었다 하는 일이요,

죽음이란? 우산이 더 이상 펼쳐지지 않는 일이다.'(김수환 추기경)

그래, 이런 것이 바로 사람이 사람 냄새를 맡으며 더불어 살아가는 아름다운 마음이지.

빗속으로 사라졌던 그 우유배달 총각의 뒷모습이 눈앞에 새싹처럼 되살아나며 상큼한 초봄의 향기를 풍겨주었다. 분명히 내 독감을 물리치는 데 큰 몫을 하는 활력소가 되는 것 같았다.

힘겨운 일을 부지런히 하면서도 남을 배려할 줄 알았던 그 마음이, 지금도 어딘가에서 사랑의 싹을 틔우고, 훈훈한 입김을 전하며 살고 있겠지!…

아무리 보기 좋은 우산이 여러 개 있으면 무엇 하랴, 필요할 때 유용하게 쓰이지 못하는 찌그러진 우산만도 못하다면 말이다. 비 오는 날엔 찌그러진 우산이라도 한 개 더 준비할 수 있는 포근한 마음의 여유를 가져야겠다. 정다운 이웃의 포옹을 위하여.

콩나물

며칠째 연이은 모임으로 피곤한 탓인지 입안이 깔깔하다.

새우젓으로 간을 맞추고, 청양고추라도 몇 개 다져 넣은 얼큰한 콩나물국밥이 생각난다. 아니면 멸치 장국에 고춧가루를 풀고 김치를 섞어 끓인 김치 콩나물국도 속풀이에 좋을 것이다.

식품점에 들른다. 유기농… 무공해 자연식품… 각기 제조원의 이름표를 달고 포장되어 진열된 여러 종류의 콩나물들, 그리고 바닥에 놓인 검은 보자기가 씌워진 콩나물시루를 본다. 똑같이 물만 먹고 자라는 콩나물인데….

무공해 자연식품이라고 포장된 콩나물은 대부분 몸통이 가늘고 연하며 꼬불꼬불하다. 시루에 있는 콩나물은 몸통이 굵고 곧다. 과연 몸통이 가늘고 꼬불꼬불한 것은 모두 믿을 만한 무공해 식품이고, 몸통이 굵고 곧은 것은 인체에 해로운 식품일까? 콩나물을 살 때면 가끔 한 번씩 의문을 품어보지만 그래도 '좋다는 게 좋고, 좋으니까 비

싸겠지' 하며 늘 단가가 좀 높은 유명 상표의 콩나물을 선택하곤 한다.

어렸을 때, 어머니가 콩나물 사 오라고 심부름시키면, 물건을 보고 사는 것이 아니라 아기를 업은 사람의 콩나물이나, 난전에 쭈그리고 앉아서 파는 할머니의 콩나물을 사곤 했다. 어머니는

"어디서 이렇게 삐쩍 마르고 변변찮은 것을 사 왔냐"고 하시며

"그래, 너 같은 애도 있어야 이런 콩나물도 팔리지" 하셨다.

지금 생각하면 그것이 무공해(?)가 아니었나 싶다.

"콩나물 좀 주세요"

옆에 있던 한 아주머니가 콩나물을 달라고 하자 주인은 검은 보자기를 제치고 콩나물을 쑥쑥 뽑아 봉지에 담는다. 통통한 살이 보기에 먹음직스럽고, 포장된 것의 값에 비해 양도 훨씬 많다. '저것도 괜찮을 것 같은데…' 연이어 뽑혀 나가는 콩나물시루를 유심히 바라본다.

저마다 허물을 벗고 나온 연하디연한 얼굴, 비좁은 자리를 헤집고 솟아오른 머리 밑엔 나름대로 적당히 살찌우고 자란 몸통이 있다. 저마다 제 능력껏 자라면서 차지할 수 있는 자기만의 공간만 차지하고, 더 욕심을 부려 그 이상의 공간 확보를 위해 다른 것을 짓누르진 않는다. 짓눌릴 것 같지만, 비키고 비껴가며 그 좁은 공간을 용케도 밀치고 올라온다.

한 시루 안에서 같은 물을 받아먹고 자라면서 먼저 올라온 것은 먼저 뽑혀 나가고, 뒤늦게 올라온 것은 뒤늦게 뽑힌다. 어떤 것은 미처 다 자라지도 못한 채 더불어 뽑혀 나간다. 또 어떤 것은 몸통도, 뿌리도 없이 머리만 크다. 머리만 큰 것은 그대로 내려앉아 시루 밑에 깔려 있다가 쓸모없는 찌꺼기로 생을 다한다.

한 알의 콩이 존재하고, 음식이 되어 사라지기까지 얼마나 많은 시간과 공간을 넘나드는가. 한 줄기에 쪼르륵 매달려 생명을 얻고 자라서, 물기가 마르도록 햇볕에 그을리며 껍질을 벗고 제 모양을 찾는… 만남과 헤어짐, 각기 또 다른 모습으로 제 몫을 다해야 할 삶. 콩이 콩나물시루에 앉혀지고 자라며, 어둠 속에 갇힐 때의 꿈은 무엇일까! 모두 싹을 틔우는 일이다. 틔운 싹은 균형 있게 자라야 한다. 싹을 틔우지 못하는 쭉정이가 있고, 허울 좋게 허물을 벗고 싹을 틔워도 제대로 자라지 못하는 것도 있다. 몸통도 뿌리도 없이 머리만 큰 것은 기형이다. 머리만 큰 그 속에 성숙이란 것이 있을까?

세상 삶도 이와 같지 않을까 모두가 무공해를 원하면서 공해를 만든다. 무공해 식품만 찾을 것이 아니라 무공해 인간을 찾고 싶다. 콩나물을 다듬으며 머리만 큰 기형을 골라낸다.

깔깔한 입맛과 속을 개운하게 풀어 줄 얼큰한 콩나물국이 맛깔스럽게 끓여질까.

미역국

수험생을 둔 친구가 100일 기도를 위해 산으로 들어간다고 하였다. 이 말을 듣고 아물지 않은 상처라도 찔린 듯 가슴이 뜨끔했다. 이제 수험생 엄마 노릇은 오래전에 마감했지만, 아이들 셋 모두 수험생인 때 한 번도 그런 정성을 쏟아주지 못했기 때문이다. 정성이나 관심이 없어서도 아니고, 기도가 꼭 절이나 교회를 찾아가서 해야만 하는 것도 아니겠지만, 100일 기도나 철야기도 같은 것은 고사하고, 공부에 전념할 수 있는 분위기조차 만들어 줄 수 없었던 상황이 미안했다. 그때 뒷바라지를 잘해 줄 수 있었다면… 그것이 아직도 가슴 한구석에 아픔으로 자리하고 있다. 그래도 속 썩이지 않고 그 시기를 무난히 넘겨준 아이들이 대견스럽고 고마울 뿐이다.

며칠 전 TV 채널을 돌리는 순간, 어느 드라마에서 딸이 밥상을 차려 놓고 엄마에게 "식사하세요."라고 하자 그 엄마가 딸의 머리를 쥐어박으며 쩌렁쩌렁한 목소리로 나무라는 소리가 들렸다.

"아유 이것아, 웬 미역국이냐 미역국은··· 너 미쳤어?"
"왜 엄마, 미역국이 어때서?"
"아니 그렇게도 생각이 없니 생각이 없어? 시험이 얼마 남지 않은 네 언니가 온다는데···"
비록 드라마 속의 이야기지만 수험생을 위해서는 몇 달 전부터 미역국도 끓이지 않으려는 엄마의 마음이다. 그 순간 나는 '푹'하고 웃음이 터져 나왔다.

결혼 초, 친정 조카딸이 입학시험을 앞두고 상경하여 우리 집에 머물렀을 때였다. 시험 전날 갑자기 날씨가 추워졌다. 무슨 국이라도 끓여서 따끈하게 먹여 보낼까 궁리했다. 마침 사다 놓은 돌각 미역이 생각났다.
'그래, 고기를 좀 사다가 미역국을 끓이자···'
시험 날 아침, 미역국을 끓여 상을 차려 주었다. 조카는 아무 생각 없이(?) 국을 맛있게 먹었다. 국을 다 먹고 난 다음에야 나는 아차! 했다. 어쩜 그렇게도 생각을 못 했을까. 한껏 잘해준다는 것이 시험 보는 날 아침에 미역국이라니···
"어머 얘, 어떡하니? 얼른 엿 먹어라"
"고모, 나 시험에 떨어지라는 거야 붙으라는 거야 미역국 먹고 엿 먹으라고? 어째 말의 어감이 별로 좋지 않은데?"
"하하하···"

조카딸 아이와 나는 까르르 웃음을 터트리고 말았다. 듣고 보니 정말 '미역국'도 그렇지만 '엿 먹어라'라는 말이 왠지 거슬렸다. 숨은 뜻과 의미는 좋지만, 그 표현이 생각하고 듣기에 따라서는 얼마나 다르게 느낄 수 있는가. 아무것도 아닌 것 같아도 꼭 시험에 떨어지라고 한 것처럼 마음이 꺼림직했다. 이렇게 사람이 살아가면서 잘하려고 한 일이 미처 생각을 못 해서 실수를 범하기도 하고, 때로는 변명도 할 수 없는 오해를 가져오기도 한다.

다행히 합격을 하여서 그렇게 고맙고 기쁠 수가 없었다. 만약 그때 시험에 떨어졌다면…

이제 조카도 불혹을 훨씬 넘겨 올해 중3, 고3 수험생을 둔 엄마로서 온 정성을 다하고 있다. 몇 십 년을 두고 지금까지도 조카와 만나면 가끔 '시험'이나 '미역국' 이야기로

"이 세상에서 시험 날 수험생에게 미역국 끓여주는 사람은 아마 고모밖에 없을 거야"한다.

"그래, 너도 한번 그렇게 해봐 합격했잖아"

"……"

미역은 옥도가 들어있어 피를 깨끗이 해 주고, 피 순환을 잘 시켜주며, 정신을 맑게 해 준다고 하지 않는가. 그래서 산모는 미역국을 먹는다. 그렇다면 미역국은 산모뿐만 아니라, 신경을 많이 쓰고 정신적으로나 육체적으로 경직된 수험생들에게 더없이 좋고, 권할 만한 것이

아니겠는가.

또 흔히 '미역국 먹다'라고 하면 직장에서 밀려나거나 시험에 떨어진다는 뜻으로만 생각하는 이런 고정관념을 깨 버리고, 미역국처럼 매끄럽게 모든 문제를 술술 풀어 넘기게 한다는 뜻으로 고쳐 생각한다면 어떨까 싶다.

마침 큰아들한테서 전화가 왔다. 아들을 낳았단다. 이젠 정말로 미역국 먹일 일이 생겼구나!

"그래 수고했다. 몸조리 잘하고 미역국 잘 먹어라"

나는 또 나대로 빙그레 웃으며 미역국을 정성껏 끓였다.

동갑네

아이들 어깨너머로 인터넷을 조금씩 익혀가고 있을 때였다. 동갑내기 문우로부터 인터넷상에 동갑내기 친구들 모임인 카페가 있으니 들어와 보라는 권유를 받았다. 호기심에, 알려준 사이트를 찾아 들어가 보았다. 전국적으로 모여든 회원 수가 수백 명으로 꽤 많은 것에 놀랐다. 그때만 해도 우리 또래로서는 인터넷을 할 줄 아는 사람이 그리 흔치 않다고 들었기 때문이다.

온라인상의 보이지 않는 얼굴들, 한결같이 경어를 쓰지 않고 동창이나 오랜 친구들처럼 해라를 하고 있었다. 더구나 각종 유머로 엔도르핀을 자아내게 하는 '웃음 행복 방'엔 남녀가 마주 보고 앉아서는 얼굴 들고 나눌 수 없을 것 같은 이야기들도 부끄럼 없이 쏟아 놓고 있었다. 얼마나 친하고 오랜 만남을 가졌으면 이럴 수 있을까… 나는 이방인처럼 느껴졌다. 그러나 친구들의 진솔한 일상 이야기며 삶의 숨소리, 문학의 방 등… 이것저것 제법 볼거리도 있고 재미있어, 얼굴 없는 대화에 조금씩 길들여져 갔다. 이곳엔 한 달에 두 번씩 정규 산행을 하는 산행방과, 누군가 갑자기 공지를 올려서 만나는 번개팅도 자주 있어, 오프라인에서의 만남도 꽤 활성화되어 있는 듯했다.

'산행 방'에 관심이 끌렸다. 건강을 지키는 데는 등산이 최고라는 이야기를 익히 들어왔고, 나도 이젠 건강관리를 위해 산행을 해야겠다고 생각하고 있던 터라 마침 잘 되었다 싶었다. 오래전부터 산행을 하고 싶었지만 혼자서는 하기 힘들고, 함께 할 마땅한 동행자나 어울릴 팀을 찾지 못해 늘 마음뿐이었다. 그렇다고 초보자가 섣불리 전문 산악회를 따라다닐 수도 없는 노릇이었다.

'그래, 여기서 함께 정기적으로 산행을 다니자' 그런데 온라인상에서 이뤄진 낯선 사람들과의 만남이 과연 오프라인에서 얼마나 잘 어울릴 수 있을까, 산행하는 날이 되어도 선뜻 나설 수 없었다. 얼마 동안은 카페에 가끔씩 들러 상황을 보기만 하다가, 그래도 동갑들이니 다른 곳보다는 좀 나을 것 같아서 쑥스럽지만 마침내 정규 산행에 동참하기로 했다.

동참하고 보니 서먹서먹할 것 같았던 걱정은 한낮 기우에 지나지 않았다. 생면부지의 첫 만남, 수십 년을 돌고 돌아 서로 다른 길을 걸어왔지만 같은 해에 태어난 갑장이라는 공통분모 하나만으로도 낯선 벽은 쉽게 무너졌다. 외적인 조건은 그리 중요하지 않았다. 누가 더 잘나거나 못남도 없고, 잘 살거나 못 살거나 직업이 무엇이든 위아래도 없다. 처음부터 스스럼없이 말을 놓고 친해질 수 있다는 것이 바로 동갑네였고, 몇 년 지기처럼 가까워지기에 충분했다.

편안하고 듣기 좋은 말 동갑네. 동갑네라고 하면 떠오르는 얼굴, 내겐 잊을 수 없는 특별한 동갑네 이야기가 있다.

내 어린 시절, "동갑네 동갑네" 하며 집에 자주 놀러오던 아주머니가 한 분 계셨다. 그 아주머니는 어머니와 동갑이었는데 늘 나만 보면 "동갑네 잘 있었나?" 하면서 하얀 이를 다 드러내며 웃곤 하셨다.

내가 한참 말을 배우기 시작할 때였나 보다. 아주머니가 우리 집에 놀러 오면 "동갑네 어서 오게" 하고 인사하며 반기던 어머니의 말씀을 듣고, 나는 그 아주머니 이름이 동갑네인 줄 알았다. 그래서 아주머니를 보기만 하면 "엄마, 동갑네 왔어" 하며 어머니에게 뛰어가 알리곤 했다. 그때부터 아주머니는 나를 '동갑네'라 불렀고 나는 아주머니의 동갑네가 된 셈이다. 주위 어른들이 웃으면서 "네가 아무개 어머니 동갑네냐?" 하고 머리를 쓰다듬어 주면, 나는 더 신이 나서 고개를 끄덕이며 '아줌마랑 나랑 똑같이 동갑네'라고 자랑스럽게 말하던 기억이 난다

철이 들면서 동갑네의 뜻을 알게 된 나는 얼마나 민망하고 부끄럽던지…. 학교 다닐 때는 물론 내가 더 커서도, 할머니가 된 아주머니는 나만 보면 늘 동갑네라 부르셨다.

"동갑네! 이렇게 예쁘고 어린 자네가 내 동갑네이니 나도 아직 젊은 거지? 하하하…"

시간과 공간을 뛰어넘은 동갑네의 말이 귓전을 맴돈다.

나이 들어 만난 초등학교 동창생 같은 갑장 친구들, 이젠 열심히 산에도 다니고 건강을 지키며 즐겁게 살자며 깔깔거린다.

나도 10년, 20년쯤… 젊은 연배와 동갑네였으면 좋겠다. 마음은 아직 그러한데 거울을 보듯 동갑네들의 얼굴을 바라보며 세월을 읽는다.

5분

9월의 문턱에 서면 그날이 생각난다.

집 가까이 꽃집이 있긴 하지만 더 싱싱하고 마음에 드는 꽃을 고르기 위해 새벽 꽃시장엘 다녀왔다. 하루 일과를 마치고 잠에 빠져들 시간, 꽃을 다듬는다. 장미 49송이, 물안개, 백공작… 먼저 장미 가시를 떼고 잎사귀도 필요한 만큼만 남긴다. 손이 저려 가위질하기가 힘들다. 목이 뻣뻣하고 허리가 아파 구부리거나 앉기도 힘겹다. 며칠 전 가벼운 접촉 사고로 목과 허리를 삐끗해 치료를 받고 있던 때문이다. 몸놀림이 부자유스러우니 장미를 다듬는 데만도 시간이 꽤 걸렸다. 한 송이 한 송이 장미의 얼굴을 돌려보며 마음을 담아 바구니에 꽂는다.

선물은 정성이다. '이럴 때 한번 폼 나게 꽃꽂이 사범 자격에 어긋나지 않는 작품을 만들어 보는 거야' 샴페인도 한 병 넣고, 사랑과 마음의 표현으로 복숭아와 사과도 한 개씩 넣는다. 리본을 만들어 달고, 마무리된 꽃바구니를 놓고 잠시 흐뭇한 감정에 빠져 본다. 뒤처리까지 끝내고 보니 새벽 3시다.

오늘은 20년 지기 친구의 49번째 생일이다. 어렵고 괴로운 일이 있을 때나 즐거울 때, 제일 먼저 생각나는 연인 같은 친구, '아직은 마흔아홉' 반백을 코앞에 둔 40대의 마지막 생일이기에 특별히 주고 싶은 꽃바구니다. '아직은 마흔아홉'이란 말이 왜 생겼을까! 괜히 나온 말이 아닌 듯싶다. 그래서 궁리 끝에 준비한 것이다.

친구는 매일 7시쯤에 자가운전으로 출근한다.

'출근 전에 만나서 사무실에 가져갈 수 있도록 깜짝 놀래줘야지'

차 뒷좌석이 꽉 차는 꽃바구니를 상전 모시듯 앉히고, 새벽 공기를 가르며 친구의 집을 향한다. 활짝 웃으며 기뻐할 친구의 얼굴을 떠올리니 즐겁기만 하다. 늦어도 7시 10분 전엔 도착하리라 생각했는데, 길을 잘못 들어 7시 5분쯤 도착했다.

'설마 벌써 출근하진 않았겠지.' 집으로 들어가려다가 친구가 곧 나올 것 같아 길목에서 사방을 주시하며 기다린다.

10분쯤 지났는데도 친구의 모습은 보이질 않는다. 이럴 수가! 왠지 불안하다. 전화해보니 저녁에 모임이 있어 차를 두고 나와, 10분 전쯤 이미 택시를 탔단다. 그럼 내가 도착할 바로 그 시간에? 5분만 일찍 왔어도 오늘 같은 날은 출근도 시켜줄 수 있었는데… 아쉽다. 어차피 나선 길이니 사무실까지 갖다주자.

사무실 부근에 도착하여 전화를 건다. 잠깐 나올 수 있겠냐고 물으니 벌써 손님이 여럿 와있고 바쁘단다. 그중에 나를 아는 사람도 있다고 했다. 부스스 한 내 모양새도 그렇고, 별것 아닌 것으로도 구설수에 오를 수 있을 것 같아 들어가기가 내키지 않는다. 친구의 생각도 그랬는지 그냥 돌아가란다. 주위에 맡겨놓을 테니 잠시 후 직원을 시켜서라도 찾아가라고 했다. 그래도 굳이 그냥 돌아가란다.

'쳇! 이 꽃바구니가 어디 기성품처럼 만들어놓은 것을, 덜렁 하나 사온 줄 아는가? 그래도 그렇지…' 떼어낸 장미가시가 날아와 박히듯 눈이 아리고 따갑다. 선글라스를 꺼내 낀다.

집에 돌아와, 샴페인을 꺼내 몽둥이처럼 한바탕 휘둘러 헛걸음친 울분을 토하듯 쏟아내고 마신다. 복숭아와 사과도 꺼내 분쇄기에 넣고 돌리듯이 씹어 삼킨다. 구멍 뚫린 가슴처럼 풀어헤쳐진 꽃바구니…

뜻밖에도 며칠 뒤, 친구는 꽃바구니를 찾는다. 늦었지만 샴페인도 함께 마시자고 한다. 꽃바구니도 없고, 샴페인도 이미 다른 친구와 함께 다 마셨다고 했더니 서운해한다. 아마 그대로 둘 줄 알았나 보다. 잘했다고 하면서도 정말로 주고 싶은 마음이 있었다면 그럴 수 없다고 한다. 자기 줄 것을 어떤 친구에게 줬느냐, 그 친구가 더 좋고 재밌었느냐, 되려 내게 어깃장을 놓으며 투덜댄다.

그래, '꽃은 좀 시들지 몰라도 술은 썩는 것도 아닌데…'

단 5분 사이로 어긋난 일, 5분만 더 생각하고 감정을 다스릴 수 있었다면 늦게나마 마음을 전할 수 있었을 텐데…

다리미

골동품을 하나 가지고 있다.

골동품이란 사전에 보면 '희소가치나 미술적인 가치가 있는, 오래된 세간이나 미술품. 또는 오래되었을 뿐 가치가 없고 쓸모도 없이 된 물건.'이라고 되어 있다. 내가 가지고 있는 골동품은 후자의 것이다.

흔히 골동품을 수집하고 소중히 간직하는 것은, 좋아서 취미로 모으기도 하지만, 오래될수록 그 가치를 더해가며 재산으로서의 한몫을 톡톡히 하기 때문이기도 하다. 그런데 나는 버려도 조금도 아깝지 않을 골동품 하나를 버리지 못하고 있다. 그것은 바로 수명을 다한 다리미이다.

결혼 후 석 달 만에 친정 나들이를 갔다.

"너에게 오래도록 간직할 선물을 하나 사주고 싶은데 무얼 사줄까? 너는 뭘 받고 싶으냐?"고 어머니가 물으셨다.

무심코 "밍크코트" 하고 대답했다. 밍크코트는 지금도 고가품이지만 그때는 더 그랬고, 부유해도 입는 사람이 그렇게 많지 않았다. 꼭 입고 싶어서라기보다는 아무 생각 없이 튀어나와 한번 해본 말이다. 그러나 그때 어머니는 비싸서 못 해준다는 말은 안 하셨지만

"조금 있으면 날씨도 추워질 텐데… 밍크는 아니라도 제대로 된 모직 코트라도 하나 해주면 좋을 텐데…" 하며 말끝을 흐리셨다.

"괜찮아 엄마, 입던 것 입어도 충분해"

"그래, 밍크코트는 김서방이 돈 잘 벌거든 해달라고 해라. 엄마가 해주는 것도 좋지만 신랑이 해준 것을 입는 것도 행복한 거야. 그리고 옷은 유행이 지나거나 입다가 싫증나면 안 입게 되고, 또 낡으면 새로 사 입게 되는 것이니까 살아가면서 예쁜 것 해 입어라."

어머니는 내가 서운해할까 봐 타이르듯이 말씀하셨다.

"그 대신 엄마가 미제 다리미 하나를 사줄게. 다리미는 꼭 있어야 할 필수품이고 또 네가 잘만 쓰면 엄마 생각하면서 평생을 쓸 수 있을 거야." 하셨다.

지금은 국산 다리미도 모델이나 성능이 좋아서 외제 제품에 뒤지지 않지만 60~70년대 그때만 해도 국산 다리미는 무겁고 고장이 잘 나서 자주 수리를 해야 하는 불편함이 있었다. 그래서 외제 다리미 하나 구해 쓰는 것을 주부들은 무척 부러워했다. 값도 국산의 10배 정도로, 웬만한 공무원 한 달 월급에 버금갔다. 물건을 쉽게 구할 수도 없었다. '양키 시장'이란 곳에 미리 부탁해 놓아야만 한다. 그래야 빠르면 한 달, 또는 몇 달씩 걸렸다. 이런 다리미를 그 당시엔 혼수품으로

준비하는 것이 지금의 냉장고 이상으로 꼽혔다. 어머니도 그것을 해 주고 싶었던 것이다.

부탁해 놓았던 다리미가 나왔다며 보물처럼 싸놓았던 것을 장롱 속에서 꺼내 주셨다.

"빨래는 미루지 말고 매일 빨고, 특히 와이셔츠는 매일 반듯하게 잘 다려서 입혀라"

'알았어요. 엄마! 이렇게 비싼 것을 어떻게…' 감사하면서도 미안해서 좋은 마음을 제대로 표현하지 못하고 입속에서만 뇌까렸다. 어머니도 그 다리미를 사서 쓰고 싶어 하셨지만 못 쓰고 계셨다.

4년 뒤에 어머니가 돌아가셨다. 다리미에 대한 애착은 더 커졌다. 다리미는 스팀다리미였는데, 누군가가 스팀을 사용하고 물이 다리미에 넣어진 상태로 오래 두면 수명이 짧아진다는 말에, 좀 더 오래 쓰기 위해서 편리한 스팀 사용도 하지 않았다. 어머니 말대로 쓸 때마다 어머니를 생각하며 평생을 쓰겠노라 소중히 다루었다.

어느 날 건넌방에 세 들어 살던 아가씨가 다리미를 빌려 갔다. 합성제품의 지퍼가 달린 옷을 다리다가 지퍼가 녹았다며 다리미 바닥을 시커멓게 눌려 가지고 왔다. 무척 속은 상했지만, 일부러 그런 것도 아닌데 뭐라고 하겠는가. 닦아도 깨끗이 닦아지지 않았다. 시간이 지나면 지날수록 찌든 때처럼 더 까맣게 달라붙어 고물처럼 되어 버렸다.

주위에서 '이젠 다리미 하나 새로 바꿔 쓰라'고 했지만 '아직 쓸 만한데 뭐'하며 전원이 220볼트로 바뀐 뒤에도 트랜스를 사서 썼다. 강아지가 다리미 줄을 씹어 서너 군데 껍질이 벗겨졌다. 그래도 선은 끊어지지 않아 테이프를 감아서 쓰는 데는 불편이 없었다.

이렇게 쓰기를 30여 년이다. 그런데 전원이 들어왔다 나갔다, 온도가 높아졌다 낮아졌다 하며 말썽을 부리기 시작했다. 그럴 때마다 '이젠 새로 하나 사야지' 하면서도 어머니 모습을 떠올리며 좀 더 써 볼 수 없을까 생각했다. 인내심을 가지고 어떻게 잘 만지작거려서 운이 좋으면 아쉬운 대로 옷을 다려 입곤 했다.

그러던 어느 날 전원이 들어오긴 해도 계속 미온이었다. 딸아이가 입고 나가야 할 옷을 다리는데 잡힌 구김이 펴지질 않았다. 몸이 달았다.

"그것 봐, 내가 벌써부터 다리미 하나 새로 사자니까 엄마는…"

할 수 없었다. 세탁소로 뛰어갔다.

그 뒤 다리미를 새로 구입했다. 그러고서도 선뜻 버리지 못하고 한쪽에 놔두었다. 그것을 버리면 어머니의 기억을 상실해 버리는 기억상실증에라도 걸릴 것 같은 기분이었다.

며칠 뒤, 드디어 딸아이가 입을 열었다.

"엄마, 저 다리미…"

"응 알았어. 그거 버리려고…"

아직도 버리지 않았다고 한마디 들을까 봐 얼른 내가 먼저 말하려는데 뜻밖에도 딸아이는 다시 말을 이어

“버리지 말고 잘 놔둬요. 외할머니가 사주신 건데 기념으로…”

그 말이 얼마나 반갑고 고맙던지…

어머니의 손을 조용히 잡아 가슴에 끌어안고 얼굴을 비벼 보듯이, 어머니의 사랑과 체취를 느끼며 다리미 줄을 손잡이에 다시 꼼꼼하게 감았다.

작은 나눔

친구의 딸 결혼식이 있었다. 예식과 피로연이 끝나고 친구들끼리 따로 뒤풀이하라며 혼주가 금일봉을 내놓았다.

배도 부르고 일단 운동 삼아 좋은 곳(?)을 찾아 한 바퀴 돌며 커피도 마시고, 2차로 어디를 갈까 의견이 분분했다.

돈도 있고 시간도 있으니 나는 오랜만에 영화라도 한 편 보자고 제의했다. 몇몇 친구가 동의하고… 의견이 모아져 대한극장 앞으로 갔다.

무엇을 볼까? 요즘 여론에 거론되는 비교적 괜찮다는 설국열차나 숨바꼭질 등은 이미 본 사람도 있고 하여 아무도 안 본 것을 택하려니 마땅한 것이 없었다. 포스터를 살펴보면서 나와 두 친구는 그래도 그중 나을 것 같은 〈감기〉를 보자 하고, 다른 두 친구는 무슨 액션 영화를… 나머지는 아무거나…

그중 한 친구가 감기는 바이러스 운운하면서 아픈 이야기는 좀 그렇고 싸우는 것도 무서워서 싫다며 그냥 신나게 춤추고 가볍게 웃고 즐길 수 있을 것 같은 〈탱고 위드미〉를 보자고 강추했다. 나이 탓들인지 그러자며 아무거나 팀이 탱고 위드미 쪽으로 합세했다. 몇 명은 재미없을 것 같다며 영화를 포기했다. 나도 별로 마음이 내키진 않았지만 영화를 보자고 먼저 주장한 사람이기에 빠질 수도 없고, 다수 의견을 따라 표를 예매했다.

관람 시간을 맞추기 위해 맛집 국수 전문점에서 맥주 한 잔 씩 나누면서 배불러도 당기는 맛깔스러운 국수로 이른 저녁을 먹었다. 영화를 포기한 일부 한 팀은 노래방 내지 한잔(?) 타임으로 가고… 영화 관람을 하였는데 너무 실망이다. 내용도 없고 감동도 없고, 그렇다고 로맨틱하거나 차라리 화끈한 멜로도 아니고 웃음을 자아낼 만한 재미도 없었다. 차라리 일찍 집에나 갈 걸 그렇게 시간이 아까울 수가 없었다. 모두들 씁쓸해하며 강추했던 친구는 그 정도로 재미없을 줄 몰랐다며 미안했는지 줄행랑치고, 개운치 않은 기분 그냥 갈 수 없다고 마무리는 아이스크림으로 달래며 헤어졌다.

귀갓길 전철 안에서 오랜 시간 구두를 신었던 탓에 불편한 발과 실망스런 영화를 본 기분 때문인지 하루의 피로가 갑자기 밀려왔다. 치료받고 있는 관절도 시원찮고 허리도 아파 경로석에 앉았는데 마주 보이는 경로석 앞에 기둥을 잡고 서 있는 할머니 한 분이 보인다. 자리가 나기를 기다리는 눈치다. 나도 힘들고 앉을 자격은 있는데… 몇

정거장이 지나도록 자리가 나지 않는다. 나는 할머니가 자꾸 맘에 걸려 갈등하다가 할머니를 불러 자리를 양보했다. 할머니는 내가 내리는 줄 알고 아무 말 없이 앉아 있다가 그냥 서 있는 걸 보고 조심스레 한마디 건넨다.

"안 내리세요?"

"네, 할머니가 너무 오래 서 계신 것 같아서요"

미소로 나눈 한마디 짧은 대화, 그리고 잠시 침묵이 흘렀다.

할머니는 낡은 배낭을 뒤적뒤적하시더니 큰 주먹만 한 동그란 호박 한 개를 꺼내 금방 딴 것이니 가져가 볶아먹으라며 주신다. 아니라고 몇 번 거절하다가 고맙게 받았다. 핸드백이 작아서 가방 속에 넣지도 못하고 한 손에 들고 있었다. 옆 좌석에 앉아있던 다른 할머니가 또 부스럭부스럭하더니 꼬깃꼬깃 접었던 검정 비닐봉지 하나를 꺼내서 펴주며 담아가란다.

"고맙습니다"

잔잔한 미소가 오갔다. 작은 나눔, 작은 배려가 얼마나 따뜻하고 정겹던지…

한 개의 호박은 호박이 아니라 보석이었고, 보잘것없는 구겨진 검정 비닐봉지는 어떤 비싼 가방보다도 더 값진 가방이었다. 나보다 더 힘들어 자리가 절실했던 할머니에게 좀 더 일찍 자리를 선뜻 양보하지 못하고 갈등하며 앉았던 것이 부끄러웠다. 그리고 요즘은 자리를 양보해도 당연한 듯 고맙다는 말 한마디 없이 오히려 뻔뻔하게 눈살 찌

푸리게 행동하는 노인들도 얼마나 많은가.

나이를 먹을수록 외적으로 보이는 물리적 주름을 펴려고 하기보다는 마음의 주름을 펴도록 내면의 미를 가꿔야지. 주름진 얼굴에서 아름답게 피어나는 값진 삶을 살아야지…

재미없는 영화로 가라앉았던 기분이 다시 살아났다. 진심이 담긴 호박 한 개, 검정 비닐봉지 하나로 살맛나는 세상, 잔잔한 기쁨을 맛보며 마무리 한 행복한 하루였다.

보이지 않는 곳에서 익는 열매

3월에 때아닌 폭설이 내리고, 체감온도를 낮추는 바람이 아직은 차갑다. 그래도 계절은 속일 수 없어 누런 잔디밭 이곳저곳에 파릇파릇 살아나는 봄기운이 완연하다.

강의실 문을 열고 들어서자 책상 위에 푸짐하게 널려있는 사탕이 눈에 들어온다. 알고 보니 내일 모래가 화이트데이란다. 여자가 사탕 받는 날, 시도 때도 없이 떠오르는 얼굴 하나 불쑥 나타나 마음을 흔든다.

'주책없이…'

단 것을 별로 좋아하지는 않지만 색색으로 앙증맞게 포장된 모양이 예쁘고, 의미 있는 사탕이라 몇 개 챙겨 주머니에 넣었다.

화이트데이 아침, 전화벨이 울린다. 반가운 목소리다.

"어, 전화 받네!"

"그럼 받지 안 받어?"

"어제는 휴대폰도 안 받고…"

"무슨 소리야, 어제는 현관 밖에도 안 나가고 집에만 있었는데… 휴대폰으로 했으면 전화번호가 찍힐 텐데…"

"알았어"

뚝! 통화가 끊긴다.

'싱겁긴… 오늘 같은 날은 사탕 하나 준다고 말이라도 한마디 하면 어디가 덧나나!'

그럼 혹시?

'무심한 사람!' 하루해가 꼴딱 넘어갔다. 가뭄 든 하지의 낮 길이만 큼이나 지리하게 윤기 잃은 하루였다.

하긴 나도 다를 바 없다. 해마다 그랬듯이 올 밸런타인데이 때도 주려고 준비했던 초콜릿을 주지 못하고, 말도 한마디 못 하지 않았는가.

그리고 그날, 5년 전쯤 주려고 했다가 장식품처럼 간직했던 초콜릿 포장을 뜯었다. 초콜릿 표면이 하얗게 변해있다. 초콜릿도 세월이 흐르면 머리가 세는가(?)보다. 그의 머리도 지금은 하얗다. 유통기한을 넘긴 초콜릿은 간직할 순 있어도 먹을 순 없다. 포장을 뜯지나 말걸…

그때의 내 마음을 대변이라도 하듯 초콜릿 모양과 포장도 다양하다. 이렇게 포장을 해놓고도 전하지 못한 것은, 아니, 전하지 않은 것은 포장된 초콜릿처럼 쑥스러워 드러내 놓고 표현할 수 없는 서로의 가슴이 깊어서일까?

그땐 그랬다. 해마다 각종 초콜릿과 그것을 다양하게 포장한 선물 코너 앞이 여성들로 북적댄다. 나도 분명 여자는 여자인가 보다. 딱히 줘야 할 사람도 없으면서 선물 코너 앞을 서성이다 슬그머니 장난기가 발동한다. 굳이 연인사이가 아니라도 혹시 주고 싶은 누군가라도 만난다면… 아무래도 초콜릿 하나는 준비해야 할 것 같은 생각이 끈질기게 발목을 잡고 늘어진다. 어떤 것이 좋을까 포장이 화려하고 큰 것은 너무 눈에 띄어 부담스럽고, 평범한 것은 식상하고, 작은 것은 먹을 게 없고… 과장된 포장이나 양보다는 이왕이면 얼마큼 받는 사람이 기뻐할까를 생각해 보았다. 작지만 맛있어 보이고 와인도 한 모금 들어있는 것, 깜찍한 미니 양주병 모양의 초콜릿을 골랐다. 그리고 어디서나 흔히 볼 수 있는 기성품 냄새가 나지 않도록, 나름대로 한껏 모양을 내 다시 포장했다.

'만나면 전할 수 있을까?…' 공연히 조그만 초콜릿 하나를 앞에 두고 사춘기 소녀처럼 가슴 설렌다. 외출할 때 들고 나갈 가방 속에 초콜릿을 넣었다. 문득

"글을 쓰려면 고민을 하세요. 아니면 사랑이라도 하세요."라는 Y 선생님 말씀이 바람처럼 스쳐 갔다. 피식 입가에 맴도는 미소.

'행여, 이런 마음이 단 한 줄의 글이라도 쓸 수 있는 물꼬가 된다면 얼마나 좋으랴만…' 끝내, 밸런타인데이를 넘긴 초콜릿은 제 구실을 다 하지 못한 채 의미를 잃고 가방 속에 웅크리고 있었다. 이젠 먹지도 못할 아무런 가치도 없는 초콜릿 그 자체일 뿐이다. 초콜릿 하나

전하는 것이 뭐 그리 어렵다고…

향간에는 밸런타인데이 유래가 초콜릿을 팔기 위한 상술이었다는 이야기도 돌지만 꼭 그렇게 부정적으로 볼 것만은 아닌 것 같다. 요즘은 고마운 친구에게, 존경하는 스승이나 아빠에게, 아들에게도 평소 전하지 못했던 사랑의 마음을 전하는 정이 담긴 표현이 되기도 하니까 말이다.

그러나 한편으론 3세기의 발렌타인 순교 사제를 기념하는 날이기도 하고, 안중근 의사가 사형당한 아픔을 기억해야 하는 날이기에 초콜릿을 주고받는 의미를 그저 즐길 수만은 없다.

몇 년 동안 묵었던 초콜릿도 좋으니 자기들한테 갖다 달라며 깔깔대던 문우들의 웃음소리가 귓가에 맴돈다. 엊그제 챙겨 넣었던 사탕을 꺼내 나란히 놓는다. 장난기 섞인 한 문우의 목소리가 그대로 사탕에 배인 듯 묻어 나온다.

"나는 하얗게 시든 초콜릿 말고 올해의 싱싱한 초콜릿으로 갖다 줘."

"싫어. 하하하…"

낭설이겠지만 사탕을 깨물어 씹어 먹으면 사랑이 깨지고, 끝까지 녹여 먹어야 이루어진다는 말이 있다. 정말 그럴까? 나는 사탕을 먹을 때면 언제나 끝까지 녹여 먹지 못하고 깨물어 먹는다. 새삼스레 사탕 한 알을 입에 넣고 살살 녹여본다.

겨우내 끈질긴 뿌리로 땅속에 숨어 있다가, 봄이면 있는 듯 없는 듯 땅 위에 납작 붙어 앉은, 걷지도 뛰지도 못하는 몸짓으로 솜털 같은 씨앗을 어디론가 날려 보내는 민들레 마음. '일편단심 민들레'라 했던가? 작은 꽃이 여러 개 모여 한 송이의 꽃을 이루는 민들레처럼 아직 몇 개의 초콜릿이 더 모여 한 송이의 꽃을 피울 수 있을까.

안다는 것

손전화의 벨이 울린다. 낯선 번호다.

요즘은 이상한 전화가 많아서 받을까 말까 잠시 망설이다가 받았다. 낯선 남자의 목소리다

"누구세요?"

"나 모르겠어요?"

'모르겠는데요. 누구신지 무슨 일로…'

"정말 모르겠어요? 학창 시절 원동 성당에서 지학순 주교님 성성식 때 아무개와 함께 복사를 섰던··

"글쎄요, 누가 복사를 섰었는지 어찌 기억을… 그때 나는 성가대에 있었는데…"

그는 며칠 전 고등학교 동창을 만나 나의 전화번호를 알았고, 너무 반가워서 목소리라도 듣고 싶어 전화를 했단다. 그리고 누구냐고 여러 차례 물어도 본인 이름은 밝히지 않은 채 굳이 내가 본인의 이름

을 기억해서 말해주길 바랬다. 성당에서 학생회를 함께하고 마지막 성탄절에 즐겁게 지냈던 일이며, 이것저것 나의 기억을 되살리려 애를 썼다. 반세기를 넘어 57년 전의 일을 내 어찌 다 기억하랴. 언뜻언뜻 몇몇 친구들의 이름을 떠올려보지만 아니란다. 아무리 생각해도 기억이 나지 않아 미안하기도 하고 답답하기도 했다.

"모른다잖아 끊어요"

수화기 너머로 그의 아내인 듯한 여인의 목소리가 들려왔다. 그래도 그는 여전히 말을 이어갔다. 스무고개 맞추듯 몇 가지 특징을 던져주고 받으며 결국 성씨 하나를 힌트로 알려주어 내가 그의 본명을 알아내게 하였다.

"어머나! 반갑다 건강하지?"

"이제 정말 기억나니? 네 기억 속에 내가 남아 있니?"

30여 분 대화 끝에 그 친구의 이름을 뒤늦게 알아냈어도 그는 반가운가 보다.

"키가 좀 작고 글씨 잘 쓰고…"

"나, 이제 멋있어졌다."

"ㅋㅋ…"

순간 '내가 그 친구에게 언제 멋없다고 말한 적 있었나?' 아님 키가 작다고 해서 잠재의식 중에 콤플렉스가 있었나? 잠시 자문하듯 스치는 생각을 마음속으로 하며 그가 풀어내는 반세기 전의 이야기를 듣는다.

"아내한테 야단맞겠다. 쫓겨나면 어쩌려고…"

"혼나지… 하하 우리 집사람 너희 원녀고 후배야…"

이제 그만 끊자 해도 주절주절~

"이 양반이 무슨 할 얘기가 그리 많아요. 이제 끊어요."

수화기 너머 두 번째 들려오는 여인의 목소리다. 남편과 낯선 여자와의 대화를 곁에서 듣고 있던 아내의 인내심이 한계에 이른 것 같다. 전화기 뺏어서 끊지 않는 게 다행이다. 어느 친구는 한마디 전화에도 아내에게 몹시 시달리던데… 아무리 나이를 먹었어도 여자는 여자다. 그래도 아내 앞에 떳떳하고 당당하게 사는 모습이 보이는 듯, 신앙심 깊고 성실했던 모습이 떠올라 흐뭇하다.

안다는 것, 누군가에게 하느님이나 부처님을 아느냐고 물으면 믿음이 있거나 없거나 모른다는 사람은 없다. 또 잘 알려진 어떤 연예인이나 유명 인사를 아느냐고 물었을 때 얼굴을 알고 이름을 알면 대부분 안다고 대답한다. 그러나 얼굴이나 이름을 안다고 해서 다 아는 것은 아니다. 그건 그저 객관적인 측면에서의 앎일 뿐이다. 그 사람과 개인적으로 얼마나 친분이 있고, 성격이나 인품 등 그에 관한 됨됨이를 얼마나 잘 알고 있는지에 따라 진정으로 안다고 할 수 있을 것이다. 그리고 친분이 두터울수록 서로에 대한 관심도 깊고 자기가 아는 만큼 상대방도 알아주길 바랄 것이다. 오랫동안 잊고 있던 그 친구 역시 나를 잊지 않고 있었던 만큼 나도 그 친구를 기억해 주고 있기를 바랐는지도 모른다.

어쩌면 예수님도 나에게 '너는 나를 아느냐'고 물으실 것 같다. 예수님이 나를 사랑하고 모든 걸 알고 계신 만큼 나도 예수님에 대해 얼마나 깊이 있게 알고, 얼마큼 관심을 가지고 기억하며 살고 있는지! 예수님 말씀을 믿고 따른다면서 내 삶 속에서 얼마나 자주 예수님을 잊고 살아왔는지 묵상해 본다.

눈 오는 날

S 문화센터에서 문학 강좌가 있어 다녀오던 길이었다. 버스 속에서 갑자기 휘날리는 진눈깨비를 보며, 어린아이처럼 눈이 더 펑펑 쏟아지길 바랐다. '여자는 추억을 먹고 산다.'더니 그래서 그런가, 차창 밖을 내다보며 어느 해 눈 내리던 날 밤의 추억이 떠올라 혼자 빙그레 웃었다.

불혹의 나이였던가? 그날 밤, 일을 마무리하고 10시가 넘어 창밖을 내다보니 솜덩이 같은 눈이 펑펑 쏟아져 내리고 있었다. 뛰어나가고 싶은 충동에 그냥 잠을 잘 수가 없었다. '한밤중에 데이트 신청을 하면 받아줄까? 분명히 거절할 거야.' 무뚝뚝한 남편에게 나가자고 하면 버럭 소리만 지를 것 같아 조심스러웠다. '어떻게 하면 좋을까' 궁리 끝에 이웃에 형제처럼 가깝게 지내는 몇 살 아래 친구 부부가 생각났다. 남편 몰래 친구에게 살짝 전화를 걸었다.

"자고 있어? 안자면 지금 창밖을 내다봐, 함박눈이 신나게 오는데 그냥 잘 거야? 신랑한테 의논해서 잠깐만 산책 나가자고 해봐. 그리고 전화해 알았지?"

제법 낭만을 즐길 줄 아는 친구 부부는 쾌히 의견의 일치를 보았고, 덕분에 뜻하던 대로 남편과 함께 밖으로 나갈 수 있었다.

밤도 깊었고, 잠깐만 눈 맞으며 기분 내고, 가볍게 동네 한 바퀴 걷다가 들어오리라는 생각에 편안히 슬리퍼를 신은 채로 나갔다. 그 친구도 홈웨어를 입은 채 잠바 하나만 걸치고 나왔다.

폭신폭신한 솜처럼 따뜻하게 느껴질 정도로 눈송이가 얼마나 크게 떨어지는지 잠깐 사이에 눈이 발목까지 차올랐다. 우리는 무엇에 홀린 듯 눈에 심취되어 동네를 지나 망우리 공동묘지까지 올라갔다. 지금은 산책로가 잘 조성되어 있는 공원이 되었지만 그 당시엔 낮에도 별로 내키지 않는 음산한 공동묘지였다. 그런데 묘지의 설경이 그렇게 환상적일 수가 없었다. 볼록볼록 솟은 묘 봉들이 모두 하나의 하얀 꽃봉오리처럼 아름답게 느껴졌다. 마치 새로운 나라 겨울왕국에라도 온 것처럼 고요한 적막을 깨트리며 맘껏 소리쳐 환호했다. 아무도 밟지 않은 눈 위를 뽀드득 소리가 들리도록 걷는 재미가 기분을 급상승시켰다. 즐거움에 흥얼흥얼 노래도 부르고… 그날은 뜻밖에도 멋없이 뻣뻣하게만 굴던 남편도 어린애처럼 좋아했다. 그런 남편이 신기하고 너무 고마웠다. 얼마를 걸었을까! 슬리퍼를 신었던 내 발은 마치 바지 위로 눈 장화를 신은 것 같았고, 친구의 홈드레스에는 눈이 더덕 더덕 감겨 붙어 꼭 눈 병풍을 두른 것 같았다. 그 모습이 얼마나 우습던지 우린 서로 마주 보고 재미있어 깔깔거렸다. 추위도 잊은 채 손도장도 찍고 발 그림도 그렸다. 누가 보면 한밤중에 공동묘지에서 뭐 하나 정신 나간 사람들 아니냐고 했을지도 모른다.

떠들고 즐기는 사이 어느새 눈도 그치고, 두 여자를 놀리는 두 남자의 으스스한 이야기로 묘지 위에 어른거리는 우리의 모습이 갑자기 무섭게 느껴졌다. 조금만 더 가면 워커힐 가는 길까지 이어진다고 했다. 뒤돌아 집 근처까지 오니 비로소 발도 시리고 추위도 느껴졌다. 밤 깊은 시간까지 불을 밝힌 포장마차에 들렀다. 아마도 우리 같은 사람들이 있어서 새벽까지 장사를 하는가 보다. 뜨끈한 어묵 국물, 꼼장어, 닭발, 참새구이, 닭똥집… 기분이다. 포장마차 안에 준비되어 있는 안주는 종류대로 하나씩 골고루 시켜놓고 소주잔을 기울였다. 마지막 잔치국수까지 속을 채우고 집에 들어오니 새벽 3시가 넘었다.

아! 그때의 그 기분, 그 맛, 한껏 마음이 풍요롭고 행복했다. 그야말로 소소한 행복이다. 내 어느 때 또 한 번 그런 추억 속의 주인공이 되어 일을 저질러 볼 수 있을까. 불가능한 일도 아니지만, 요즘은 그렇게 많은 눈이 내리지도 않고, 포장마차도 옛날 그때 그 시절의 모습만큼 정겹게 느껴지질 않는다.

어느새 버스가 집 앞에 도착하였다. 자칫하면 지나칠 뻔했다. 깜짝 놀라 버스에서 내리니 날리던 진눈깨비도 그치고 단꿈에서 깨어난 듯 무언가 허전하고 아쉬움이 온몸을 감돌았다. 친구가 보고 싶다.

동창생

휴대폰에 생각지도 않던 이름이 떴다. 십여 년 넘도록 소식이 끊겼던 초등학교 동창생 친구의 이름이다.

웬일? 숨쉬기 운동은 잘하고 있었나 보네. 불쑥 반가움은 잠시 소식을 끊게 된 그때의 아린 기억이 순식간 뇌리를 가득 채운다.

비교적 무게가 있고 생각이 깊어 보였던 그 친구는 동창 모임에 자주 나가지 못하는 내게 고맙게도 가끔 한 번씩 안부 전화를 하던 녀석이다. 어쩌다 동창 모임에서 만나면 자상하게 '뭐가 그리 바쁘냐, 잘 지냈느냐, 자주 얼굴 좀 보자'며 먼저 한두 마디 의례적인 인사말을 건네는 일 외에는 개인적으로 만날 이유도 생각도 없었다.

그해 초겨울 동창 모임에서 그 친구가 말을 건넸다.

"야, 넌 왜 그리 얼굴 보기 힘드냐. 전화도 한 번 안 하고… 언제쯤 시간 되니? 밥 한번 먹자 차를 마시든지…"

"몰라, 시간 없어"

"아니, 그러지 말고 눈 오는 날 만날까? 데이트 한 번 하자."

"훗, 뭘 만나."

"아냐, 그러지 말고 눈 오는 날 만나자 무조건 말이야"

(아쭈 분위기는… 저 혼자 약속? 하하)

그런 뒤 한 달쯤 지났을까?

몸살감기로 하루 종일 쉬며 누워 있었다. 잘못하면 강의도 펑크 낼지 모른다는 생각에 아무래도 병원에 다녀오든가 쌍화탕이라도 한 개 사서 먹어야 할 것 같아 밖을 나섰다. 푸시시한 생얼로 병원을 다녀오는데 마침 포슬포슬 눈발이 날렸다. 첫눈이다. 하늘을 쳐다보고 눈을 맞으며 걷다가 문득 스치듯 지나간 '눈 오는 날 만나자'던 친구의 말이 생각났다. 가끔이라도 늘 내게 먼저 전화를 해 준 친구인데… 한 번쯤은 내가 먼저 '눈 온다'고 전화라도 해주자. 별다른 생각 없이 그 친구의 전번을 눌렀다.

"여보세요" 친구 목소리다.

"뭐하니? 지금 눈 온다"

"응, 그래"—(별로 반갑지 않은? 어정쩡한 목소리다)

"어디야?"

"집"

"난 지금 병원 갔다 오는데 눈이 오길래… 그럼 잘 쉬어"

"어, 끊을게" 딸깍!

뭐야, 내가 만나자고 한 것도 아니고, 그것도 처음으로 큰맘 먹고 전화했더니…

안 그래도 골치 아픈데 기분 참 꿀꿀하다. 하지만 그럴 수도 있지 뭐, 싱거운 녀석!

며칠 뒤, 강의가 있어 전철역에서 열차를 기다리는 중이었다. 손전화가 울린다.

"여보세요 김 선생님이시죠?"―(60대 전후쯤으로 느껴지는 낯선 여자 목소리다)

"네, 그런데요"

"지금 어디세요? 오늘 좀 만나고 싶은데요"

"누구신데요? 무슨 일이신지…"

"만나보면 알아요"

"지금 일이 있어 외출 중인데 오후 4~5시쯤 되어야 해요"

"그럼 귀가 하실 때 내리시는 전철역에서 뵐게요"

'누구지? 왜 갑자기 나를 만나자고 하지? 전화를 끊고 곰곰이 생각을 떠올려도 도무지 짐작이 가는 사람이 없다. 혹시 내 강의를 어디서 들었던 사람인가? 아니면 어린이반 수강생의 학부모? 혹시 시낭송이나 동화구연 대회를 앞두고 개인 지도를 부탁할 사람인가?' 가끔은 강의하는 나는 기억을 잘 못해도 받는 사람은 만나면 알아보고 인사하거나 낭송하는 것을 좀 봐달라고 부탁하는 경우가 종종 있기 때문이다. 내심 일감 미팅이라면… 그럴 확률이 많겠다 생각하며 전철을 타고 오면서 아무리 생각해 봐도 누군지 감이 잡히지 않았다.

귀갓길 전철에서 내려 출구를 나오면서 약속한 여인이 누구일까 두리번거리며 둘러보는데 뜻밖에도 저만치 동창생 친구 얼굴이 보였다.

"○○야, 너 여기 웬일이니?"

난 우연히 만난 줄 알고 반갑게 다가가 악수를 하려고 손을 내미는데 친구의 표정은 굳어 있었고, 낯선 여인이 그 앞을 막으며 다가선다. 그리고 나를 머리부터 아래위로 훑어보며

"김 선생님이시죠?"

"네 그런데요. 그럼 전화하셨던?…"

"네, 맞아요 내가 ○○의 아내예요. 가만 보니 남자 홀리게 생겼구먼…"

(헉! 황당했다. 처음 보는 사람한테 이게 무슨 생뚱맞은 소리…)

"그러세요? 그런데 무슨 일로?"

몹시 불쾌했지만 정중히 대답했다. 아무튼 무슨 일인지 이야기를 하려면… 서먹서먹한 분위기에서 일회용 커피 한 잔씩을 뽑아 간이 의자 앞에 놓고 마주 앉았다.

얼굴이 검으락 푸르락 잔뜩 긴장한 친구는 저만치 떨어져서 앉았다.

"○○가 누군데 그렇게 함부로 이름을 불러요. 내 남편과 무슨 사이

야?" 하며 다짜고짜 나보고 남편과 어떤 사이냐고 다그치듯 물었다.

"어떤 사이라니… 친군데요. 친구에게 이름을 부르지 그럼 뭐라 부릅니까? 우린 아무 사이도 아니예요. 뭘 오해하셨나본데…"

"아무 사이도 아닌데 눈 온다고 전화해요? 남녀 사이에 친구가 어디 있어요."

아차! 이제 보니 눈 온다고 그날 전화 한마디 한 것이 화근이 되었구나. 너무 기가 막혀 웃음밖에 나오지 않는다. 그래도 어쩌랴 대꾸할 가치도 없지만 일단 오해를 풀어 마음을 편히 진정시켜줘야 하겠기에 웃으며 말했다.

"여사님, 조금도 걱정하지 마세요. 저 그런 사람 아니에요. 여사님이 그렇게 남편을 못 믿고 친구로 지내는 걸 싫어한다면 저도 싫어요. 앞으로 절대 친구라고 만나지도 않고 전화도 안 할 거예요."

속에서 부글부글… 그 자리에서 아무 말 못 하는 친구에게 한마디 하고 싶었지만 그만뒀다.

그리고 다음 날 친구에게 전화를 걸어 무슨 일을 그렇게 만드냐며 한마디 하자 친구가 대답도 하기 전에 부인이 가로채며

"야, 무슨 일? 다시는 전화 안 한다고 하더니…"

그리고 다시 친구가 화를 내듯 '앞으로 전화하지 마' 하고 큰소리 쾅 치고 끊었다.

가만히 있다가 이게 무슨 봉변인가! 마치 내가 만나자고 자꾸 전화라도 한 것처럼 그렇게 큰소리를 칠 수 있을까 아내 앞에서 졸지에 몹

쓸 태풍을 만나듯 억울하게 휘둘리고… 화가 머리끝까지 차올랐다. 그러면서 뭘 누굴 만나자고 해, 무슨 밥을 먹고 차를 마시자며 눈 올 때 무조건 만나자느니… 그동안 아내에게 무슨 의심 받고 책잡힐 일이라도 있었나? 바보 같은 녀석! 그래도 가정을 지키고 아내 마음을 다스리기 위해 진심이 아닌 말을 일부러 했겠지. 억울한 내 맘을 알고 있을 텐데 이해하자. 오죽하면 그렇게 말했을까, 그 뒤 왜 그랬느냐 묻지도 않았고 그의 변명도 사과도 듣고 싶지 않았다.

며칠 뒤 친구는 불편했는지 공중전화로 한마디 귀띔했다. 눈 온다고 전화한 여자가 누구냐, 어디 사느냐, 아무리 아무것도 아니라고 말해도 믿어주지 않고 직접 만나서 얘기하겠다. 남녀 사이에 친구가 어디 있냐고 다그치며 친구를 힘들게 했나 보다. 그래서 그날 이후 친구 전화를 아내가 자기 전화에 연결해 놓았다며 전화 통화 기록까지 조사한단다. 듣고 보니 약간 의부증(?) 증세 같았다. 정말 남녀 사이엔 절대 친구가 될 수 없는지 묻고 싶다. 난 얼마든지 있을 수 있다고 생각하는데 그녀는 아닌가 보다.

의처증도 의부증도 그 상대는 얼마나 힘든지 짐작이 간다. 그래, 그 친구도 얼마나 힘들까 군인 장교 출신에 예편하고 아직도 직장에서 중임을 맡은 멀쩡한 친구가 쯧쯧… 아무튼 괘씸하기도 하고 한편 가엽기도 하다.

그렇게 소식이 끊긴 뒤 10여 년이 흘러 느닷없이 그가 캡처한 블로

그를 띄운 것이다. 블로그 안에는 사자성어와 역사에 대한 본인 글을 쓰고 있었다. 잘 읽었다는 답 글 한마디 써주고 싶었지만 또 무슨 뜻하지 않는 변을 당할까 싶어 무심無心이 유심有心인 듯 그의 글을 씹어 버렸다. 그의 가정에 평화와 행복을 위해 기도하며… 이젠 70고개도 반허리 넘어 80을 바라보는 동창생 친구들에게서 자주 들리는 말은 '어디가 아프다, 넘어져 다쳤다. 세상을 떴다'는 말이다. 그 말 대신 글을 쓰며 잘 지내고 있음을 짐작케 하는 알림이니 얼마나 고마운 소식인가.

친구
—우정을 배신하는 친구는 절대 두지 않았다

강남의 중 상급 빌라, 현관문을 들어서자 잘 정돈된 거실이 한눈에 들어온다. 열려있는 방문을 통해 보이는, 방마다의 가구들과 주방기기가 세월의 때나 얼룩이 묻어난 살림살이가 아니다. 겨울이건만 한여름 같은 후끈한 실내 온도, 그녀의 모습은 귀고리, 목걸이, 팔찌, 빨간 매니큐어, 머리염색까지… 나이에 비해 주름살 없는 팽팽한 얼굴에서, 허리끈 졸라매고 고생하며 살아온 흔적이라곤 찾아볼 수가 없다. 이렇게 살려고 1년 이상을 또 소식도 없이 잠적했었단 말인가! 순간 피가 거꾸로 솟는 듯 배신감이 끓어올랐다. 그것도 처음이 아니다. 빚을 갚겠다고 거짓말하고 소식 끊기고, 또 찾아가면 잠적하고… 몇 년씩 몇 차례 거듭 반복되었던 일 아닌가, 이번에도 돈을 빌려준 다른 친구가 거주지를 찾아내어 자기는 법적으로 고소를 했다며 나에게 몰래 주소를 가르쳐주었던 것이다.

"오늘 난 너를 친구로서 마지막 보려고 왔어."

"그래 맘대로 해"

처음부터 오가는 대화가 곱지 않다. 내 무슨 정이 그리 많고 오지랖이 넓어서 이런 친구를 위해 보증을 섰단 말인가, 그것도 옆에서 친구이니 여유 있으면 도와주라는 말 한마디 한 것뿐인데 그 대가로 10여 년이 넘도록 마음고생을 하였다. 내 발등에 떨어지는 불, 어려운 고비를 겪으면서도 내가 한 말의 책임을 지고 신용을 지키기 위해서 피눈물 같은 거금의 빚을 대신 갚아주어야 했다.

그녀는 어른이 된 뒤 적당히 오가며 만난 친구가 아니다. 한 고향 한 동네에서 잔뼈가 굵고 초, 중, 고등학교를 함께 다닌 사이였기에 돈 잃고 친구 잃기는 싫었다. 몇 차례 소식이 끊겼다가 찾고 또 끊기고… 여러 번 속으면서도 믿고 싶었던 친구다. 과연 그럴 만한 가치가 있었는가!

두 눈 가득 번진 눈물 속에 어린 시절 추억들이 한 컷 한 컷 번개처럼 스쳐 간다. 하얀 세라복의 리듬 악대 단복을 입고, 나란히 손잡고 다니던 모습이 떠올라 끈끈이처럼 엉겨 붙는다. 나를 무척 좋아해서 뭐든지 내가 하는 대로만 따라 하던 친구였는데 왜 이렇게 됐을까, 가슴이 저려온다. 이젠 더 이상 참을 수 없으니 법으로 해결하자고 단호하게 말하려 했는데… 왜 또 마음 약하게 무너지는 걸까!

벽 한쪽에 걸린 십자가가 보였다. 얼마 전부터 성당엘 나가기 시작했단다. 정말일까? 그렇다면 소식을 끊고 잠적하지 말고 변명이든 거짓말이든 연락을 했어야지. 그리고 이렇게 살면서 양심이 있다면 조금씩이라도 빚부터 갚았어야지…
쓰지도 않은 빚을 갚아주느라 내가 고생할 때, 그녀는 빚을 지면서도 자식들 고액 과외까지 시키고 살지 않았는가. 고생하는 사람 따로 있고 쓰는 사람 따로 있나? 돌덩이를 삼킨 듯 아무리 생각해도 이해할 수 없다.
그동안 소식 끊었던 것은 잘못했다며 집을 팔면 갚겠다고 한 번만 더 믿어달라고 사정한다. 친구들과 단절하고 아무 데도 갈 곳 없이 혼자서 얼마나 외롭고 괴로웠는지… 그럴 때마다 내 생각이 나서 달려와 보고 싶을 때가 한두 번이 아니었다며 그 마음도 헤아려달란다. '그래, 외로움은 돈으로도 해결할 수 없었겠지.' 몸은 피할 수 있어도 마음은 피할 수 없었으리라.
십자가 앞에 내 마음이 무너져 내렸다. 외롭고 괴로워서였는지는 몰라도 그래도 하느님을 찾아 성당에 발걸음을 하였다니 돈보다는 사람이 더 소중하다. 어쩌면 이렇게 살고 있다는 것이 고마운 일인지도 모른다. 만약에 이 친구가 거지꼴을 하거나 병들어서 다 죽어 가는 모습을 내게 보인다면 내 속이 후련할까? 그렇다면 아마 또 다른 아픔이 따를 것이다. 배신감이나 억울함은 덜 느꼈을지 몰라도 지갑이라도 털어놓고 가려 하지 않을까? 예전에도 그랬다. 그러다가 다시 괘씸한 생각이 들 땐 바보처럼 가슴 치며 후회하고 또 반복하고…
속은 상하지만 실오라기 같은 가능성이라도 또 믿어보자. 그동안 친구 하나 잃지 않기 위해서 참고 견뎌온 세월이 아까워서라도, 아니 배신하는 친구를 나는 절대로 두지 않았다고 긍정하고 싶은 자존심을 위해서라도.

한 달에 다만 몇 푼씩이라도 갚는 성의라도 보여 달라며, 계좌번호 하나를 남기고 돌아섰다. 어스름 어둠이 내려앉은 거리엔 바람이 불고 진눈깨비가 날리고 있었다. 터덜터덜 맥 풀린 발걸음과는 대조적으로 쌩쌩 내달리는 요란한 차 소리…

그 뒤 원금만 갚아도 꼬박 30년을 넘게 갚아야 할 만큼의, 그야말로 둘이 만나 식사 한번, 차 한 잔 마실 정도의 푼돈을 몇 번 보내왔다. 앞으로 내가 30년을 더 살 수 있을까? 또 언제 끊어질지 모를 실오라기 연줄이다. 야속한 친구야! 아직은 네 맘속에 내가 남아있니? 그것이 최선을 다하는 너의 진실이라면 믿어 주리라. 친구란 말은 인디언 말로 '등에 진 짐을 나눠지는 사람'이란 뜻이라는데… 춥고 외로울 때 생각나거든 소식이나 전하렴.

또다시 연락이 두절된 채 몇 해가 흘렀다. 많이 외로운지 간간이 다른 친구들에게는 전화가 온다고 했다, 법대로 고소했던 친구의 돈은 갚아도 내 돈은 갚지 않아도 된다고 말했단다. 그리고 초등학교 동창 모임에도 나온다는 소식이 들렸다. 속이 뒤집혔다. 나는 모임에 잘 못 나가고 있을 때다. 그 친구가 동창 모임 때 참석한다고 해서 만사를 제쳐놓고 말없이 나갔다. 생각 같아선 사정을 모르는 친구들 앞에서 머리채라도 붙잡고 망신을 주고 싶었다. 조용히 불러냈다. 여전히 뻔뻔한 그녀에겐 세월이 비껴간 모습이다. 아들, 딸 출가해서 잘 살고, 남편과 둘이 군인 연금 가지고 살면서도 여유가 없단다. 그런데 이번엔 손가락에 값진 보석 반지와 함께 묵주 반지를 끼고 있었다. 그동안 몸도 아팠고 세례를 받았다고 한다. 그럼 "너, 주님, 주님 하기 전에 먼저 어떻게 했어야 하니? 나한테 미안하긴 한 거니? 널 어쩌면 좋으니…"

여기서 나는 왜 갑자기 '애모'라는 노래가사가 뚱딴지같이 떠오를까!

"그대(주님) 앞에만 서면 나는 왜 작아지는가
그대(주님) 등 뒤에 서면 내 눈은 젖어 드는데
사랑 때문에 침묵해야 할 나는 당신의(주님의) 여자…"

십자가와 묵주 반지의 위력, 그녀의 무기인지 방패인지 할 말을 잃었다.

'그래, 하느님을 알고 세례를 받았으면 열심히 살아라.' 흥분된 마음을 가라앉혔다. 내가 지금부터 다시 30년을 살 수 있을지 모르지만 약속한 대로 할 수 있는 만큼 매달 보내라. 이대로 봐주는 건 하느님 때문이니까 하느님께 감사하라고 했다.

솔직히 그렇게 마음을 풀기로 한 건 그 친구를 위해서도 아니고 성인군자도 아닌 내가 너그러워서도 아니다. 다만 언제나 주님 앞에선 꼼짝 못 하는 나약함 때문이다. 그래도 마지막 기도 한 가지는 챙겼다. 묵주 반지를 꼈으니 묵주 기도 5단 바칠 때 한 단은 꼭 나를 위해서 바치라고, 내가 너를 미워하지 않게 해달라고 하였다. 지켜질진 모르지만 그러겠다고 했다. 헤어지면서 속으로 다시한번 내 자존심에게 주술처럼 뇌였다. '우정을 배신하는 친구는 절대 두지 않았다.'

2부 삶의 그루터기

삶의 그루터기

'나는 늘 무엇에 쫓기며 조급해하는 걸까!'

삶의 여유로움을 갖자고 되뇌이면서도 마음은 여전히 바쁘기만 하다. 흐르는 세월의 속도감은 나이와 비례한다던가? 20대는 40킬로, 30대는 60킬로. 40대는 80킬로. 50내는… 오늘도 하루에 몇 가지 일을 보느라 종종걸음을 치며 다녔다.

귀갓길에. 밭에서 갓 뽑아온 듯 흙도 마르지 않은 무가 눈에 띄었다. 먹음직스러워 보여 샀다.

'피곤하기도 하고 급한 것도 아니니 조금만 쉬었다가 김치를 담가야지…'

그런데 뜻하지 않은 일이 생겨 며칠을 묵히고, 또 바쁜 일이 있어 다시 미루고 미루고…. 아차, 아직은 괜찮겠지? 뒤늦게 생각나서 무를 꺼내 보았다. 쭈글쭈글 다 시들고 껍질은 꺼뭇꺼뭇하게 변해 있었다. 껍질을 벗기고 흰 살이 드러나도록 깨끗이 다듬으니 멀쩡해 보였다.

요리를 하기 위해 윗부분을 잘랐다. 아뿔싸! 잘린 부분의 속살이 시커멓게 썩어 있었다. 다시 반을 자르니 여전히 썩어 있었고, 싹둑싹둑… 이번엔 속이 텅 비어 있었다. '에이, 그냥 버리자' 하며 포기하려다가 무값도 아깝지만 손질한 것이 더 억울해서 버리지 아니했다. 속을 발라내고 조금 남아 있는 무의 밑동을 들고 생각했다. 이것을 어떻게 요리해야 맛있게 먹을 수 있을까! 생선조림을 하는 데 쓸까, 찌개에 넣을까, 달래를 섞어 새콤달콤하게 무침을 하여 한 절음이라도 입맛 돋우는 데 한몫하게 할까…

뭉텅뭉텅 잘려 나간 살점을 멀뚱히 바라보면서, 무 꼬리를 들고 아쉬워하는 꼬락서니 하고는… 그래도 아주 쓸모없이 다 썩어버리지 않은 게 다행 아닌가. 틀림없이 나의 삶을 반영해 주고 있다.

'그래 이것이 바로 지금 나의 모습이야, 그래서 내 마음이 더 바쁜 거야'

그 싱싱했던 시절을 뭉텅뭉텅 잘라버리고, 이제서 뒤늦게 나를 찾아 탄력 없는 속살을 드러낸 채, 어이 무 꼬리 같은 짧은 시간을 두고 조급해하며 안타까워하는 걸까! 아무리 바쁘고 힘들어도 조금만 나에 대한 관심의 시간을 가졌더라면…

살아가면서 어떤 목적지를 향해 걸어갈 때 어떤 형태이든 장애물을 만나기 마련이다. 까마득히 멀어만 보이는 길목에서, 언제 저 길을 다 갈 수 있을까 투덜대고 갈등하며, 쉬엄쉬엄 쉬어가기도 하고 좌절하기도 한다. 그러다가 다시 용기를 내어 목적지에 도달했을 때는 기쁨을 맛볼 수 있을 것이다.

지금까지 그래도 나름대로 노력하며 살아왔다고 자부해보지만, 삶의 그루터기에 앉아 돌아보니 이룬 것이라고는 한 가지도 없다. 허무할 뿐이다. 아직도 할 일이 많고, 하고 싶은 것들이 많은데 늦깎이의 시간은 너무 빨리 흐른다. 토해내지 못하는 아픔이 저릿저릿 뼛속으로 녹아내린다.

잘려 나간 살점에 연연해하기보다는 남겨진 무 꼬리를 어떻게 요리할까, 뭔가를 끝까지 해 보려는 의지가 삶의 활력이며 참된 의미라고 다짐해 본다.

현재 주어진 상황에서 최선을 다하며 새로운 것을 창조해 가는 여유로움을 가질 수 있다면 그것이 참으로 행복하고 가치 있는 삶이리라. 아직 남아있는 열기로 시린 가슴 달래보면서…

행복을 스스로 만들 때 기쁨은 마음속에 차오르는 것이다.

기다림의 여유

며칠 동안 피곤하다는 핑계로 게으름을 피우다 보니 집안이 어수선하다. 미처 다 읽지 못해 밀쳐놓은 신문이며 우편물, 한두 번 입고 세탁하긴 그렇고 장롱 속에 넣어두기도 뭐해서 걸쳐놓은 옷가지들, 여기저기 늘어놓은 책들, 정돈된 구석이라곤 하나도 없다. 아무리 미뤄봐야 어차피 내가 할 일인데… 봄맞이 대청소도 할 겸 집 안 정리부터 해야겠다.

책을 정리하려고 보니 책장이 비좁다. 어떤 것을 치워버릴까 이것저것 뽑아내다가 발밑에 툭 떨어지는 작고 얄팍한 《작은 이야기》란 책 한 권이 눈에 들어온다.

"엄마, 월간 잡지들은 읽고 치워야지 책장도 좁다면서…" 딸아이의 핀잔을 들어가며 몰래 한쪽 귀퉁이에 꽂아두었던 책이다. 그 위에 겹치며 떠오르는 얼굴…

10여 년 전 12월 어느 날, 함께 글공부하던 동료에게서 전화가 왔다.

소식을 나누지 못하고 지낸 지 거의 6개월 만이다. 공부할 때 복사비 등 잡비로 쓰기 위해 걷었던 회비도 조금 남아있고, 문우들이 보고 싶으니 한번 만나자고 한다. 사실은 정기적인 만남을 계속 갖기 위해 일부러 잔여금을 남겨놓았던 것인데 서로들 시간이 맞지 않아 미루다 보니 모임을 갖지 못했던 것이다.

몇 차례 전화를 주고받으며 되도록 여러 사람이 가능한 날과 시간을 절충해 만나기로 했다. 나는 그날도 중요한 일로 선약이 있어 피하고 싶었지만 약속 시간보다 조금 늦게 참석하기로 하였다.

일을 하다 보니 예상 시간보다도 훨씬 더 늦어져 마음이 초조하고 불안했다. 어렵게 잡은 약속이라 취소하기도 그렇지만 휴대폰 배터리까지 떨어져 더 늦어진다는 연락조차 다시 취할 수 없었다. 그래도 혼자 기다리지 않고 여럿이 만나면 수다도 떨고, 우선 미술관에 들러 전시회도 보기로 했으니까 조금은 다행이라 생각하며 뒤늦게 약속 장소에 도착했다. 그런데 웬일인지 아무도 보이지 않고 주선했던 동료 혼자서만 나를 기다리다 반갑게 맞아주었다.

"어떻게 된 거야. 왜 혼자야?"

"어서 와. 바쁜데 급히 오느라 수고했어. 늦어서 마음이 더 바빴지? 애썼어"

한 사람은 감기로 아파서 못 나오고 다른 두 사람은 나왔다가 공교롭게도 갑자기 급한 일이 생겨 한 사람은 다른 곳으로, 또 한 사람은 집으로 다시 돌아갔단다.

"그럼 다음에 만나고 그냥 먼저 들어가지, 너무 오래 기다렸잖아 얼마나 지루하고 힘들었어. 미안해"

"아니야, 지루하지 않았어. 기다린 덕분에 만나서 반갑고 책도 한 권 다 읽었잖아"

기다림에 지쳐 짜증도 날 법했을 텐데 그녀는 오히려 환하게 웃으며 미안해서 어쩔 줄 몰라 하는 나에게 《작은 이야기》라는 얄팍하고 조그만 잡지 한 권을 내밀었다.

"이 책은 아까 산 건데 가져가서 봐, 난 다 읽었으니까"

"너무 오래 기다리게 해서 미안한데 책 선물까지… 고마워"

그리고 전시회 구경도 어차피 내가 오면 볼 거니까 같이 보려고 기다렸단다.

상대방을 이해하고 배려한다는 것이 그리 쉬운 일이 아니다. 누구나 한 번쯤 경험해 보았을 것이다. 혼자서 누굴 기다린다는 것은 단 몇 분도 얼마나 길게 느껴지고 지루한지… 시간에 쫓기듯 바삐 살아가는 현대 사람들은 대체로 기다림에 너무 인색하다. 다른 사람의 마음을 헤아리고 주변을 둘러볼 여유를 잃어버리고 산다. 나 역시 누가 약속 시간을 어기고 늦었을 때 대부분 어찌했던가. 사정 이야기를 듣기도 전에 언짢은 표정으로 짜증스럽게 불만을 터트리지 않았던가.

기다림의 여유가 없는 삶은 얼마나 초조하고 지루하며 허전한가. 기다림은 인내다. 성경에 보면 '인내는 성령의 아홉 가지 열매 중 하나'(갈라 5,22-23)이다. 프랑스의 작가 발자크는 "기다림은 우리의 귀중한 재산"이라 했다.

마음 편히 기다리는 사람은 기다림에 지치지 않고 윤기 있는 값진 삶을 살아간다. 삶을 향기롭고 빛나게 한다. 작은 배려는 따스하고 넉넉한 마음의 여유에서 오는 소중한 평화다.

나는 기다림이 짜증스럽고 마음이 조급해질 때마다 그녀에게서 느꼈던, 기다림의 여유에서 얻어지는 향기롭고 값진 열매를 떠올린다. 가방 속에 작은 책 한 권이라도 넣고 다니며 부족한 양분을 섭취하고, 때로는 누군가에게 나도 유익한 삶의 향기를 나누고 전해보면서…

보잘것없어 보이는 그 《작은 이야기》를 쉽게 버리지 못하고 간직했던 이유를 새삼 돌이켜보는 감회가 새롭다.

버릇

어느 날 아침이었다. 세수하고 물기까지 닦고 나서 뭔가 이상하다 생각하니 양치질을 안 했다. 양치질하고 나서 또 세수했다.

'벌써 치매 현상이 오는 건 아닌지… 건망증일지도 모르겠지, 아니면 으레 양치질을 먼저 한 뒤 세수하던 버릇 때문인가?' 사소한 일이지만 한심스럽기도 하고 우습기도 하여 혼자 실소했다.

'40세가 넘으면 기억력이 감소하여 건망증이 온다고 한다. 건망증은 단기적인 기억 장애나, 뇌의 습관적인 검색 능력 장애로써 체험의 작은 부분을 잃어버린다. 그것을 자신이 자각하며, 계속 진행하지 않고, 자신이 있는 장소를 모르게 되거나, 일상생활에 이렇다 할 지장이 없는 정상 범위 내의 노화현상이다. 반면 대뇌 신경세포의 손상 등으로 지속적, 본질적으로 상실된 상태를 말하는 치매도 뇌 학자들에 따르면 인간의 뇌가 가장 커지는 26세부터 시작되는 〈누구에게나 평등한 뇌의 노화현상의 하나〉'라고 한다.

치매란 말은 'Dement라는 라틴어에서 유래한 것으로 〈정상적인 마음과는 거리가 먼 것〉, 〈정신이 없어진 상황〉이라는 의미를 지닌다. 그래서 그 증상은 체험 전체를 완전히 잊어버리고, 계속 진행하며, 자신이 있는 장소를 모르게 되고, 자신이 자각하지도 못한다. 그러므로 기억장애, 환각, 망상, 배회 따위로 일상생활을 할 수 없다.'라는 것이 사전적 의미이다.

그렇다면 나의 행동이 치매는 아닌 것 같고, 노화현상인지 버릇인지 몇 사람에게 물어보았다. 모두 버릇이라고 말했다. 다행히 나이 먹은 행동의 서글픔은 아니라 생각되어 한결 마음이 가벼웠다. 그렇지만 버릇이라는 것이 그렇게 매일 되풀이되는 생활 속에서 무의식중에 나타난다는 현상은 얼마나 무서운 일인가. 좋은 버릇보다는 나쁜 버릇이 더 그렇고 고치기도 힘들다. 그래서 '세 살 버릇 여든까지 간다'는 속담이 있는가 보다.

나에겐 한 가지 나쁜 버릇이 있다. 밤늦게까지 꾸물거리며 늦장을 피우다가 늦잠을 자고 새벽에 일어나는 것을 힘겨워한다.

야행성인 동물들이 있는데 피그미 고슴도치도 야행성이라 한다. 밤에 더 생기가 나는 사람을 두고는 올빼미 닮았다 한다. 그렇다면 나는 고슴도치과에 속하는가 올빼미과에 속하는가. 가끔 농 섞인 질문을 스스로에게 해보곤 한다.

밤 10시가 되어도 나에겐 초저녁이고 그 시간에 일을 시작하기도 한다. 늦은 시간까지 꼭 해야 할 일이 있을 때가 있기도 하지만, 늘 그런

것도 아닌데 자정을 넘어야만 잠자리에 들어갈 시간인 줄 아는 버릇이 배어 있다. 그래서 그의 눈치를 살펴 가며 비위를 맞춰주고… 할 일이 있으면 새벽 두세 시가 되더라도 마쳐야 하고, 아침에 일어나서 하려면 왠지 마음이 놓이질 않는다. 그 버릇 때문에 결혼 초에는 시누이의 도시락을 싸주기 위해 새벽밥 짓는 것이 무척 고통스러웠다. 더구나 그때엔 전기밥솥이나 보온 밥솥도 없었고 가스레인지도 없어 연탄불에 밥 지으려면 더 일찍 일어나야 하므로 아주 힘들었다. 또 갓 태어난 첫 아이는 밤낮이 바뀌어 잠을 낮에 자고 밤에는 잠을 자지 않아 더 곤혹스러웠다. 두세 시간 잘 수 있었던 잠까지 다 빼앗기고 나면 먹구름처럼 무거운 머리를 하고 지내야만 했다. 어차피 도시락은 찬밥을 먹게 되니까 저녁에 싸놓으면 어떨까 싶어 몇 번 그렇게 하다가 시어머님께 꾸중 듣기도 했다. 지금처럼 급식이 있거나 그 흔한 전기밥솥이나 가스레인지라도 있었으면 얼마나 좋았을까 싶다.

막내까지 대학에 들어간 뒤부터는 도시락 때문에 새벽밥을 안 해서 편하다는 생각이 들었다. 그러나 그것이 꼭 좋은 것만은 아니다. '이젠 나도 나이를 먹었구나' 하는 서글픈 생각이 더 앞서기 때문이다. 아이들 어릴 땐 '나'를 포기하고 살다가 이제야 나를 찾고 싶은 늦깎이 인생이기에 주어진 시간은 더 빠르게 흐르는 것 같다. 오랫동안 품어 두었던 소망들, 뒤늦게 하고 싶은 것이 많아서 '10년만 더 젊었으면 좋겠다'는 아쉬움이 들 때가 많다. 그때마다 '10년 더 젊은 것처럼'

열심히 살아보자고 다짐해 본다. '세상일은 모두 생각하기 나름이라' 하지 않던가. "반쯤 닫힌 문이 반쯤 열린 문이다" 기름병을 들고 '이제 요만큼밖에 안 남았다'기 보다 '아직도 이만큼이 남았다'라는 생각으로 어린이들과 함께 동화 속에서 나이를 잊고 산다. 까슬까슬 거칠고 어설프기 짝이 없는 붓끝을 들고 겉치레가 아닌 내면의 자아를 추스르기 위해 나름대로 고뇌도 하면서 말이다.

이젠 또 훌쩍 커버린 아이들이 밤잠을 설치게 한다. 11시가 넘어야 정상인 것처럼 귀가하고, 그때부터 컴퓨터를 켠다, 공부를 한다, 일을 한다, 부산을 떨며 보통 2시까지는 한낮이 된다. 이 버릇을 어찌하면 좋을까! '생활 습관을 고치자'며 잔소리하다가도 강하게 책하지 못함이 내 탓이 아닌가. 나 자신부터도 요즘 컴 중독에 빠져 그 증세가 중증인 것을… 그래도 각자 자기 일에 충실함이 대견스럽다.

'습관은 습관으로 극복해야' 한다는데 쉽게 고쳐지지 않는 버릇, 이제 그 버릇의 단점을 뒤집어 두 곱 더 열심히 살아가는 데 필요한 장점이 되었으면 한다.

소중한 시간

사람들은 대부분 지나간 시간을 아쉬워하고 후회하면서 산다. 누가 나에게도 "지나온 과거의 시간이 다시 주어진다면 어떤 일을 하겠는가? 지금까지 살아온 대로 그 길을 다시 밟겠는가?"라고 묻는다면, 더욱 나은 삶을 위해 좀 더 충실히 살겠다고 대답할 것이다. 그러면서도 여전히 현재 처지에 만족하지 못하고 다가오는 시간을 후회스러운 과거로 만들며 지내곤 한다.

식구들이 한바탕 부산을 떨고 빠져나간 자리, 여기저기 어지럽게 널려있는 자질구레한 집안일과 신경을 써서 준비해야 할 것들이 많아 무엇부터 해야 할지 일이 손에 잡히지 않는다. 정리되지 않은 집안처럼 마음이 어수선하여 바쁜 만큼 시간을 알뜰히 쓰지 못하고 한나절을 흘려보냈다. 서둘러 일을 시작하려는데 전화벨이 울린다. 친구의 전화다. 뭔가 몹시 괴로운 듯 울적한 목소리로, 바쁘지 않으면 만나보고 싶다고 한다.

학창 시절엔 비가 오거나 눈이 오면 약속이라도 한 듯 만나서 마냥 걷기도 하고 그림자처럼 붙어 다니던 친구, 사는 일에 지치고 고달플 때 차 한 잔을 앞에 놓고 아무 말 없이 마주 보며 빙그레 웃기만 해도 서로에게 위안이 되는 친구다.

'할 일이 많은데 어떻게 하지… 함께 있어 줘야 할 텐데…'

망설임 끝에 모든 일을 뒤로 제치고 친구를 만나기로 했다. 나중에 밤을 새워서라도 혼자 할 수 있는 일 보다는 마음이 괴롭고 우울할 때 생각나서 찾아주는 친구가 더 소중하다고 생각했기 때문이다. '기쁨은 나누면 배가 되고 고통은 나누면 반이 된다'고 하지 않던가.

친구의 집에서 가까운 거리에 있는 뒷산에 올라갔다. 맑은 공기가 좀 차갑게 느껴졌지만 상쾌한 바람결에 산뜻산뜻 실려 오는 솔잎 향, 간간이 들려오는 까치 소리, 계절을 말해주듯 수북이 쌓인 낙엽을 밟으며 말없이 걸었다.

"이제 그대들의 발밑에/ 밟히고 부서지면서도/ 침묵으로 사는 나의 마음을 아시나요?"(김송희) 라는 詩구가 들리는 것 같다.

달랑 한 장 밖에 남지 않은 달력처럼 앙상한 나뭇가지 끝에 매달린 잎새 하나가 고독의 무게에 파득거리며 마지막 갈무리에 가쁜 호흡을 하고 있다.

새천년의 문턱에서 희망으로 부풀던 때가 엊그제 같았는데… 한 해를 보내며, 흘러간 시간 속에서 나는 무엇을 어떻게 하였는가. 내 안에 남아 있는, 다시 돌아오지 않을 시간의 조각들을 모아 본다.

친구는 요즘 심적 고통이 많은 것 같았다. 얼마를 걸었을까, 가끔씩 마주 보며 미소 짓는 눈빛 언어로 우수를 쓸어내리며 우리는 어느새 복잡하고 괴로운 일상에서 벗어나 머리가 정화되는 것 같았다.

산에서 내려오는 길목에 앉은뱅이 모습을 한, 철 잃은 하얀 코스모스 한 송이가 애처롭게 한들거렸다. '어머! 코스모스다' 우린 무슨 새로운 사실이라도 발견한 듯 환호하며 기뻐했다. 어쩌다 다 자라지도 못한 키에 이제서 꽃을 피웠을까? 아마도 제 본분을 다하려고 안간힘을 썼을 것이다. 환경을 탓하지 않고, 주어진 현실에 순응하며 충실하려는 삶의 모습 아닌가. 큰 나무를 부러워하지 않고 겸손하게 다소곳한 모습이 예쁘고 사랑스럽다.

존재의 의미가 무엇일까! 작은 것에서도 기쁨을 맛볼 수 있고, 늘 보던 것이라도 한 번 더 볼 수 있음에 만족한 마음. '기쁨은 자신의 마음속에서 샘솟고, 생활 속에서 스스로가 발견해 나가는 것'임을 새삼 깨닫는다. "친구야! 김옥지의 〈기도〉라는 詩 한편 들어볼래?"

"소유가 아닌 빈 마음으로
사랑하게 하소서
받아서 채워지는 가슴보다
주어서 비워지는 마음 되게 하소서
(중략)
위선보다는 진실을 위해
나를 다듬어 나갈 수 있는 지혜를 주시고

바람에 떨구는 한 잎의 꽃잎일지라도
한없이 품어 안을 깊고 넓은 바다의
마음으로 살게 하소서"
……

불과 몇 시간 전보다도 한결 더 밝아진 친구의 모습을 바라보며 미소 짓는다. 어제보다는 오늘이, 오늘보다는 내일이 더 나아질 수 있다면 이것이 바로 참삶의 아름다움이며 기쁨일 것이다.

소중한 시간, 그 어느 시간이든 충실할 수 있을 때 더욱 가치 있는 것이다. 어렵고 괴로운 일도 내 인생이 다시 주어졌다는 기분으로 현실에 좀 더 충실하자고 함께 다짐해 본다.

봄나들이

베란다 거실 창을 뚫고 들어오는 아침햇살이 따사롭다. 광교산 나들이 길에 벚꽃이 한창이란다.

광교산 부근에 조그만 텃밭, 웰빙 주말농장을 가꾸는 회원이 농장에 다녀오는 길이라며 화실 단톡방에 올린 사진이 마음을 들뜨게 한다.

화실 가는 날 여름이면 가끔씩 상추, 고추 등 손수 지은 먹거리를 가져와 푸짐한 점심상을 차리기도 하고, 봄부터 뜯어서 모은 쑥으로 쑥떡을 만들어 입을 즐겁게 해 주기도 한다. 화실 연지방 회원들은 해마다 국외여행은 못 나가도 국내 여행이나 야외스케치 겸 가까운 곳이라도 한 번씩 나가자고 여러 차례 의견이 오가곤 하였다. 그러나 2년여 코로나 팬데믹으로 회원들 모두 제대로 된 나들이를 해본 기억이 없다, 그러다가 올봄에는 코로나가 좀 잠잠해지는 듯하여 1박 2일 국내 여행을 가기로 계획했는데 그것도 오미크론 확산으로 무산되었다. 그 대신 벚꽃 필 때쯤 쑥 뜯으러 광교산 주말농장 나들이를 가자고 한 것이다. 며칠 전 총무의 공지글이 올라왔다.

"연지방 사람들 봄나들이 갑니다.
화요일 광교산 로컬 푸드 앞 10시
개인 준비물 칼, 장갑, 꽃바구니 꼭 옆에 끼고 오셔야 해요."

얼마 만에 공식으로 나가보는 나들이인가. 약간의 간식거리와 함께 칼과 장갑, 꽃바구니(비닐봉지)를 챙겨 가방에 넣었다.

아침부터 서둘러 함께 동승하기로 한 차편에 올랐다. 도심을 벗어나니 기분이 상쾌했다. 광교산 입구로 들어가는 길이 너무 예쁘다. 며칠 사이 사진으로 보았던 가로수 벚꽃은 벌써 다 지고 마지막 인사인 듯 하르르하르르 꽃비 날리는 또 다른 모습의 꽃길을 장식하고 있다. 푸릇푸릇한 잎새와 그 아래 철쭉이 얼굴을 붉히며 반긴다.

모임 장소에서 일행을 만나 주말농장에 도착하였다. 주위를 둘러싼 야산이 무척 아늑하고 연초록의 봄빛과 어우러져 발그레 꽃물 들어가는 고요한 전경이 곱고 평온하다. 모처럼 마스크를 내리고 심호흡하며 맑은 공기를 마셔본다. 간간이 불어오는 살바람이 볼을 스쳐도 산뜻한 기분을 더욱 상쾌하게 한다. 회원 전원 참석이라 기쁨이 한층 더했다.

농장 주위 넓은 들판 여기저기 파릇파릇 돋아난 쑥이며 노란 꽃 민들레가 눈길을 끈다. 곧바로 회원들은 나물 캐는 봄처녀로 변신했다. 여기저기 다소곳이 앉아 쑥을 캐는 모습들이 정겹고 신선하다. 나도 쑥이 소복이 난 들판 한곳에 자리를 잡고 앉았다. 그런데 이젠 관절이 유연하지 못하다. 평지를 걷거나 서 있는 것은 그런대로 아직 불편함이 없지만 무릎을 구부려 쪼그리고 앉는 것은 힘들다. 할 수 없이 나는 내 집 안방처럼 풀밭에 두 다리를 쭉 뻗고 앉았다. 한 회원이 가장 폼이 멋있다며 찰칵찰칵~ 손뼉 치고 깔깔대며 웃는다. 그래도 즐겁다. 다소곳이 앉아 나물 캐는 폼이 아닌들 아무렴 어떠랴! 뜻을 같이하는 동료들과 함께 맑은 공기 마시고 따듯한 햇살 받으며, 들판에 다리 뻗고 앉아 여유를 즐길 수 있다는 것이 얼마나 감사한 일인가. 따라서 봄내음 물씬 풍기는 한두 끼의 찬거리를 얻는다는 것 또한 흥미로운 일이다. 이렇게 시간을 내어 쑥을 뜯기 위해 들판에 나와 앉아 보는 건 거의 20년쯤 되었을까?

음~매 텃세를 하듯 간간이 들려오는 소 울음소리도 참으로 오랜만이다. 근심 걱정 없이 자유롭게 하늘을 날며 지저귀는 맑은 새소리 들으니 일상에서 감사할 때마다 자주 뇌이던 성경 말씀이 떠오른다. "너희는 무엇을 먹을까, 무엇을 입을까, 걱정하지 마라… 하늘의 새들을 눈여겨보아라 그것들은 씨를 뿌리지도 않고 거두지도 않을 뿐 아니라 곳간에 모아들이지도 않는다. 그러나 하늘의 너희 아버지께서는 그것들을 먹여주신다. 너희는 그것들보다 더 귀하지 않으냐?"(마 7,25~26, 누12,22~24)

다리를 뻗치고 앉았으니 일어났다 앉았다 하기가 어려워 더 좋은 곳을 찾아 이리저리 가볍게 자리를 옮기며 뜯지 못했다. 그래도 한 시간

남짓 한자리에 앉아 시곗바늘처럼 빙글빙글 돌며 주변의 민들레와 쑥을 솔찮게 뜯었다. 허리도 아프고, 점심시간이 되었다 하여 손을 멈추고 일어나 돌아보니 쑥이 더 많이 잘 자란 곳이 여기저기 눈에 들어온다. 조금 더 뜯고 싶은 충동이 일어나 돌아서기 아쉬웠다. 욕심부리지 말자. 문득 광야에서 이스라엘 백성이 먹던 만나를 생각했다. 왜일까! 하느님이 만나를 내려주실 때 꼭 하루에 필요한 먹을 만큼만 가져가야 했던 것처럼, 이만하면 서너 번, 하루는 충분히 먹을 만큼 채워주셨으니 된 것이다.

농장 천막 안에 회원들이 준비해온 음식들로 차려진 상차림이 화려하다. 찰밥에 각종 김치와 밑반찬 어리굴젓 등 삼겹살과 여러 가지 쌈 채소, 이에 맥주와 막걸리 한잔을 곁들이니 모든 것이 꿀맛이다. 배불리 먹고 가벼운 산책과 더불어 여담을 즐기며 눈 앞에 펼쳐진 아름다운 자연을 만끽한다. 답답했던 일상에서 벗어나 피곤해진 몸과 마음의 힐링이 되고 에너지 듬뿍 충전시키기에 부족함이 없는 봄나들이였다.

오늘도 공으로 일용할 양식 주심에 감사하며 쑥향 물씬 풍기는 구수한 된장국이 조촐한 저녁상의 입맛을 한층 돋우었다.

인사 나누기

지난해 봄, 외출에서 돌아와 엘리베이터에서 내리니 바로 앞집 현관문이 열려 있고 낯선 아주머니와 아저씨가 서 있다. 이사를 하는 건지 집수리를 하려는 건지 어수선한 집안 내부가 보여 무슨 일인가 물었다. 살던 주인은 벌써 이사를 하고 새로 이사 올 주인도 아니며, 집수리를 하기 위해 일하러 온 사람들이라고 했다. 이럴 수가 있을까.

요즘은 같은 아파트에 살아도 이웃에 누가 살고 이사를 오고 가는지 잘 모르고 산다. 하지만 아무리 그래도 서로 마주 보고 살던 앞집이 집을 팔고 이사를 하면서 온다간다 말 한마디 없이 이사 갔다고 생각하니 섭섭했다.

앞집엔 몸이 불편한 80대 할머니와 60대의 자매가 살고 있었는데 동생은 일을 다니고 있어 만나기도 힘들었다. 나 역시 내 하는 일에 빠져 집에 혼자 있을 때도 바쁜 척 살다 보니 서로 친분 있게 왕래하며 지내지는 못했다. 코로나 시기를 맞아 더욱 그랬는지도 모른다. 그래도 가끔 마주치면 인사 나누며 현관문을 마주하고 이웃하여 몇 년을 살았는데… 처음 그 집이 이사 올 때 동생은 몸이 불편한 할머니가 혼자 집에 있다가 혹시라도 급한 일이 생기면 도와달라며, 내게 연락할 수 있는 전화번호를 알려 달라기에 알려주었다. 다행히 그런 일은 없었지만 나도 무슨 일이 있거나 며칠 집을 비우게 될 때면 앞집이니까 알리고, 다녀와서는 나름대로 고맙다 인사하며 지내지 않았던가. 하루아침에 갑자기 집을 팔고 이사한 건 아닐 텐데… 언제 이사를 갔는지도 모르고 있었다니 너무 무심하게 지낸 것 같아 씁쓸하다. 연고 없는 독거노인들이 혼자 있다가 변을 당해도 관심이 없으면 이웃도 모르고, 부패한 시신으로 발견된다는 말이 예사로운 일이 아니라 생각했는데, 이런 상황과 다를 바 없겠구나! 이것이 점점 인정이 메말라가는 서글픈 사회 현실이구나 싶었다. 어릴 때부터 정감 있게 자주 듣던 이웃사촌이란 말이 그날따라 낯설게 느껴졌다.

엘리베이터를 타고 오르내리며 모르는 이웃이라도 내가 먼저 안녕하세요? 인사 나누고, 인색했던 미소에 스스로를 반성하며 미소 짓는다.

같은 아파트 같은 동에 살면서
엘리베이터를 함께 타고 오르내리며
만나는 얼굴들
좁은 공간 안에서 마주 보고 있어도
너는 너, 나는 나
몇 년을 이웃해 살아도

모르는 척 굳은 표정
마주치는 눈도 피하고
천정 보고, 벽 보고…

어느 아파트 몇 동 몇 호에 사는지
아장아장 엄마 따라 산책 나온 아기가
모르는 아기에게 살금살금 다가와
장난감 내밀며 아는 척
손잡고 까불까불 까르르,
처음 만난 유모차 탄 아기
나를 쳐다보고 눈 마주치자 방긋
나도 미소 지으며 손 흔들어 보이니
저도 같이 손 흔들며 방글방글.

어린아이가 되고 싶다. 하느님이 왜 어린아이와 같아지지 않으면 천국에 들어가지 못한다고 하셨을까. 조금은 알 것 같다. 그 의미를 새삼 가슴에 새겨본다.

천 원 떨이

늦은 저녁
산책길을 나선다.

잠깐만요,
역학 공부하는 학생인데요.
혹시 물 꿈 자주 꾸지 않으세요?
눈은 마음의 창이라는데…

20대로 보이는 젊은 아가씨 두 명이
무심히 지나치려는 걸음을 돌려세운다.

막혀있어요
집에 있으면 몸이 아프시죠?
밖에서 활동을 많이 하셔야 되는데…

당신의 목에는 염주가 주렁주렁 걸려 있어요
정성을 들여보세요
교회를 다니셔도 관계없어요
정성도 그곳에서 들이시구요
아무래도 상관없어요
조상이 정성 들여 태어나신 분인데
조상이 찾아왔어요
당신으로 인해 모든 것이 잘 풀릴 텐데…
시주 한번 해 보세요.

길을 막고 따라붙으며
듣거나 말거나 주절주절 늘어놓는 말을
무시하고 돌아서는 걸음을 다시 잡는다.

꼭 해주고 싶은 말이 있어서 그래요
이렇게 만난다는 것도 보통 인연이 아닙니다.
몇 년생이세요? 생일은?

그런 거 됐어요.
짜증스레 뿌리치고 걷는
나를 졸졸 쫓아오면서 막무가내다

(내가 그렇게 만만하고 어리숙해 보이나?)
무슨 일 하세요?
돈은 붙었는데…

저 빈손으로 나왔어요.
그러지 말고 초 값이라도 줘보세요
다만 천 원이라도…

허, 그거 참! 손에 쥔 걸 보았나?
난전에서 떨이 호박이라도 한 개 살까 하고
천 원 한 장 달랑 쥐고 나왔는데 이게 무슨…
찰거머리 떨쳐내려고.
옜다, 천 원 호박 떨이다.

그래, 그래, 그런 거다. 빈손이다 인생은. 그리고 정성을 드려라, 목에 염주가 주렁주렁 걸려있고, 나로 인해 모든 것이 잘 풀린다던 말을 나의 기도가 부족한 탓으로 돌려 생각해 보았다.

지금은 산책길에 꼭 잊지 않고 늘 묵주를 들고 나선다.

함께 있어서 좋아요

얼마 전 가까운 지인으로부터 카톡을 받았다. 그 내용은 이러했다.

한 청년이 불의의 사고로 오른쪽 팔을 잃고 실의에 빠져 병실에 누워서 사귀던 여자친구에게

“한쪽 팔이 없는 자기를 아직도 좋아하느냐”고 물었다. 여자 친구는 “나는 너의 팔을 사랑한 것이 아니고 너를 좋아 했기 때문에 팔이 있고 없고는 상관하지 않는다.”고 대답하였다.

천지를 얻은 것 같은 그 청년은 용기와 힘을 얻어 내면에 잠들어있는 ‘불굴의 거인’이 깨어났고, 그녀를 행복하게 해주겠다는 일념으로 샴푸, 치약 등 영상통화 앱을 개발한 업적을 남겼다는 조서환 님의 ‘실화, 애틋한 사랑 이야기’ 한 토막이다.

여기서 가슴 뭉클하게 한 것이 바로 그 어떤 조건 때문이 아니라 있는 그 자체인 ‘너를 좋아하고 사랑한다’는 것이다. 우리가 일상에서 흔히 듣고, 몇백 번을 거듭 들어도 싫지 않은, 가장 쉬운 말이면서도 가장 하기 어려운 말이 바로 ‘사랑’이다. 역경에 처할 때일수록 좌절하

지 않도록 일으켜 세워 용기를 주는 것 또한 사랑의 힘이다.

나에게 사랑이란 말 못지않게 힘이 되고 나를 살맛 나게 하는 말이 있다. 어쩜 사랑이란 말과 일맥상통할지도 모르는 '함께 있어서 좋다'라는 말이다.

사회의 모든 것은 만남이란 관계에서 시작된다. 어떤 단체나 모임에서 혹은 처음 보는 사람이라도 만나면 괜히 기분이 좋아지고 즐겁고 호감 가는 사람이 있는가 하면, 나에겐 물론 어느 누구에게도 해롭게 하지 않아도 그냥 불편하고 자신도 모르게 피하게 되는 사람이 있다. 그런 나의 마음을 반추해 볼 때, 또 직업과 명예, 권위 능력 등 겉으로 나타나는 겉치레로 인간의 가치관을 동일시하는 세태에서 생각해 본다.

내가 가지고 있는 그 무엇 때문이 아니라 그냥 '나는 너의 좋은 데를 안다'라는 눈빛으로 '함께 있으면 좋다'고 하는 말은 얼마나 행복한 말인가. 나의 존재감을 깊이 느끼게 하는 기쁨이며 감사한 말이다. 흔히 인간의 본질과 부수적인 것들의 가치관을 제대로 가지고 있지 못할 때 그 존재를 꾸며주는 것들이 없는 자신은 존재가치가 없다고 생각하여 우울증도 생기고 자살도 늘어나는 것이다. 나도 때로는 많은 것을 가지고 부와 명예를 누리며 승승장구하는 사람들의 모습을 보면 부럽기도 하다. 그리고 힘들 땐 부와 명예가 없는 나는 아무것도 할 수 없다는 자괴감에 빠지기도 한다. 그러나 자신을 남과 비교하는 것은 불행을 자초하는 어리석은 일이다. '신은 부가 가져오는 환상이 아닌 만인이 가진 사랑을 느낄 수 있도록 감각을 선사하였다.'(스티브 잡스) 그렇다. 걸치레가 없는 자신을 받아들이고 자기를 사랑하고 귀하다는 것을 알아야만 남을 볼 때도 진정한 사랑을 할 수 있다. 있음 자체의 귀함을 아는 것, 나는 '함께 있어서 좋아요'라는 말에 힘을 얻으며, 언제 어디서든 늘 그런 사람이고 싶다.

아까시나무 꽃향기 맡으며

2014년, 아까시 꽃향기 가득한 계절의 여왕이라 불리는 5월이다. 곳곳에서 온갖 꽃향기로 가득할 때임에도 우리나라는 세월호 참사로 온 국민이 침통해 하며, 맘껏 웃고 즐길 수조차 없는 침체된 분위기를 벗어나지 못하고 있다.

암울하고 잔인한 4월, TS 엘리엇의 '황무지'란 시에서 '4월은 잔인한 달'이라고 한 시구詩句를 굳이 떠올리지 않더라도 요즘은 수시로 그 말이 기억 밖으로 뛰어나와 가슴을 찌르곤 한다.

새해 벽두부터 들리던 지구촌 이상기후로 미국 동북부, 중서부에선 영하 55도의 살인적인 북극한파와 강풍, 눈사태, 가뭄과 메마름으로 시달리는 반면, 남미에선 50도를 넘는 불볕더위 속에 시달린다는 소식이다. 3월에도 동부 지역의 폭설로 인명피해가 잇달아 일어났다.

그 뒤를 이어 4월에 한국에선 세월호 침몰 사건, 터키에서는 탄광이 무너져 3백여 명이 희생되고, 북한에서도 고층 아파트가 무너졌다. 5월엔 발칸반도의 120년 만의 대홍수 —세르비아와 보스니아에서 3개월 내릴 비가 3일간 쏟아져 역사 사상 최고의 많은 비가 내렸다. 보스나강, 사바강이 범람하고 산사태가 3천 곳 넘게 발생하여 지역 3분의 1이 침수되고, 수많은 인명 피해와 100만 명이 넘는 수재민을 냈다.

영국에서도 허리케인급 초대형 폭풍이 강타, 전 세계 곳곳에서 폭설, 폭염, 폭풍, 폭우로 암울한 소식이 끊기지 않고 있다.

그런 가운데 세르비아 대홍수에서 찍힌 감동적인 사진을 보았다. 한 어린아이가 목까지 차오른 물속에서 강아지를 두 팔로 머리 위로 들어 올리고 있는 모습이다. 미물에 지나지 않는 한 마리 강아지를 살리기 위해 위험을 무릅쓰고 제 목숨보다 더 귀하게 여기고 포기하지 않는 따듯한 마음, 세월호 선장을 비롯해 선원들은 꽃 같은 생명들을 버려둔 채 제 목숨 구하기에 급급했던 모습과는 너무나 대조적이다. 이런 사태를 분노하며 비판하고 있는 국민들, 그 속에 휩쓸려 있는 나는 과연 사랑하는 사람을 위해 모든 것을 바칠 수 있을까?

좀처럼 떨쳐버릴 수 없는 침울한 감정과 머리도 식힐 겸 모처럼 어릴 때 고향 친구를 만나기 위해 야외로 나섰다.

차창 밖으로 보이는 흐드러지게 핀 아까시나무 꽃이 흠뻑 눈에 들어온다. 문득 어린 시절 친구들과 자주 찾던 고향의 한 선교원 뒷산이 떠오른다. 그곳에 유난히 많았던 아까시나무 꽃잎을 따서 단물을 쪽쪽 빨아먹던 웃음소리… 반세기를 훌쩍 뛰어넘어 나를 마중하듯 달려 나와 그때의 그 꽃향기가 물씬 풍겨 오는 듯하다.

아까시 꽃은 여러 개가 모여 꽃대에 주렁주렁 매달려 있다. 아까시 나무꽃말이 비밀스런 사랑, 우정, 숨겨진 사랑이라 했던가? 어쩜 그런 친구를 지금 만나러 가는 게 아닐까? 살며시 미소를 머금는다.

수십 년이 흐른 지금 바쁜 일상을 접고 동심으로 돌아가 마주한 눈빛, 산길을 함께 걸으며 잡은 손이 따뜻하고 여유롭다. 졸졸 흐르는 물소리와 다문다문 마주치는 하얀 찔레꽃의 미소도 새삼 정겹다. 초록빛 싱그러운 산내음 어디선가 훅~ 아까시 꽃향기가 코끝을 스친다. 나무숲 어느 곳에 한그루만 숨어 있어도 그윽한 향기는 숨길 수 없나 보다.

"아까시나무는 향기로운 꽃과 달콤한 꿀만 주는 나무가 아니라 온실가스의 주범인 이산화탄소를 줄여 기후변화를 막는 나무로 새로운 가치를 인정받을 것으로 전망된다"(손영모 박사-국립 산림과학원 기후변화 연구센터)고 했다. 실제로 어느 나무 못지않게 엄청난 량의 이산화탄소를 머금고 있다고 한다. 국립 과학원에 따르면 우리나라에서 자라는 아까시나무의 이산화탄소(co2) 총저장량은 승용차 380만 대에서 배출된 co2 양이 917만t에 이른다고 한다. 승용차 한 대의 1년간 배출량은 2.4t, 아까시나무 30년생 기준 연간 흡수량은 13.79라 한다. 황폐한 땅을 가장 빠른 속도로 기름지게 하는 아까시나무, 심각한 온난화로 가고 있는 이 시대에 가장 적절히 예우받아야 할 나무 중에 하나가 아닌가 싶다. 또한 국제 양봉 농가의 연 1천억 원 이상의 수입을 제공하는 주요 밀월 원식물이다. 황폐한 땅을 가장 빠른 속도로 기름지게 하는 아까시나무, 그럼에도 불구하고 일제강점기에 심어진 나무이고 그 뿌리가 다른 나무들을 해친다 하여 한때 몹쓸 나무로 찍혀 천대받고, 아예 베어버리거나 하여 많이 사라진 상태이다.

자연은 철 따라 어김없이 움직인다. 지구촌 기후 이상 변화로 인한 천재와 인재로 온 세계가 뒤숭거리고, 아무리 어지럽고 민심은 흉흉해도 변함없이 제자리 지키며 푸른 잎을 보이고 때가 되면 필 자리에 꽃을 피우고, 향기를 불어넣어 준다

인간 사회는 사건에 휘말려 이성적 판단을 잃고 분별력 없이 분노하고, 비난하며 단죄하고 불편한 감정을 무분별하게 쏟아낸다. 이런 사회에서 거친 감정과 메마른 정서를 힐링하고 정화하는 한 그루의 아까시나무 같은 사람이 될 수 있다면 얼마나 좋을까. 나무숲 어느 곳에 한 그루만 숨어 있어도 그윽한 향기는 숨길 수 없듯이 그런 사람 하나라도 더 곳곳에서 자리를 지켜준다면, 심각한 천재와 인재를 막을 수 있고, 보다 맑고 밝은 삶을 살 수 있지 않을까.

산소 같은 친구야, 꽃이 여러 개 모여 한 꽃대에 매달려 꿀을 만들고 향기를 선물하듯 우리도 아까시나무 꽃이 되어 볼까? 다짐하듯 잡은 손 꾸욱 힘주어 쥐어 본다. 숲길에 머문 호흡, 머리가 한결 산뜻하다. 만남의 기쁨만큼 더 아쉬운 하루, 일상에 묻혀 멀리 있지만 현실과 기억 속을 넘나들며 다가서는 아까시 꽃향기가 속삭임처럼 은근하다.

도전

TV 모 방송에서 '짝'이라는 프로를 보았다. 선남선녀들이 모였다.

그중 100kg이 나가던 몸무게를 다이어트해서 50kg이 되었다고 하는 한 여성 출연자가 있었다. 대단한 의지의 도전이며 노력의 결과이다.

데이트권을 얻기 위한 미션으로 여성 출연자에게만 문자메시지가 주어졌다.

'내일 새벽에 닭장에 가서 계란을 꺼내오는 일'이다.

대부분 출연자는 닭장의 위치를 알아보기 위해 전날 밤 사전 답사도 하고, 방법을 모색하고 나름대로 계획을 세워 데이트권을 얻으려 신경을 쓰고 있다. 그런데 한 출연자는 자기는 할 수 없다고 포기하고 아예 도전할 노력조차 보이지 않는다. 모든 사람에게 똑같은 조건으로 주어지는 기회이며 대단한 일도 아니고 불가능한 것도 아닌데, 실패할 것 같아서 포기하는 걸까? 배고픈 사람이 차려진 밥상에서 남이 먹어주길 바라는 거와 다를 바 없다. 그런 노력도 하지 않을 거면 왜 나왔지? 의문이 들고, 별것 아닌 일에 내 일도 아니면서 마음 쓰이고 못마땅했다.

《노턴 저스터》의 점(·)을 사랑한 직선의 이야기가 생각났다.

"'점은 시작이고 끝이고 모든 것의 중추이며 골자로구나.'

직선은 점에 푹 빠져 있었다. 그러나 점은 선(—)에게 꽉 막힌 외골수이고 막대기처럼 뻣뻣하다며 쌀쌀하게 대했다. 선은 먹지도 못하고 자지도 못하며 점의 마음을 움직이기 위해 애를 썼지만 소용이 없었다. 어쩔 수 없이 사랑을 포기하려는 순간, 선은 커다란 집중력과 자제력으로 자기가 원하는 대로 방향을 바꾸고 구부릴 수 있다는 것을 깨닫고 각을 하나 만들었다. 그리고 또 하나를 만들고… 밤이 깊도록 면과 굴곡을 만드는 연습을 남몰래 하였다. 나중에는 타원과 원과 복잡한 곡선들을 만들 수 있게 되었다. 선이 자신감에 넘쳐 점을 찾아가서 갖가지 모습을 보여주자 점은 선에게 반해버렸다. 결국 선이 점의 사랑을 얻을 수 있었다."는 이야기이다.

그렇다. 선이 만약 실의에 빠져 자포자기했다면, 자기 자신을 갈고 닦아 고통과 고독과 싸우며 목적을 향해 노력하지 않았다면, 선의 사랑은 이루어질 수 없었으리라. '일정한 방향이 있는 힘만이 목적을 달성할 수 있다'는 진리가 머릿속을 찡하게 울려왔다. 어떤 어려움과 아픔도 끌어안아 목적을 향한 힘이 되도록 노력해야 한다.

얼마 전엔 63세 된 박종팔 권투선수가 은퇴 36년 만에 후배인 아들 같은 28세 프로권투선수와 데뷔전 경기를 치렀다. 몇 달 전부터 체력 단련을 위해 최선을 다해 연습하는 모습이 놀라웠다. 비록 경기에 이

기진 못했지만 결과보다는 과정이 중요하다. 그 나이에 링 위에 올라 당당히 도전할 수 있음이 대단하지 않은가. 아낌없는 박수를 보내고 주고 싶었다.

나는 몇 해 전 늘 하고 싶었던 드럼을 배운 적이 있다. 배우기 전엔 내가 할 수 있을까? 연습하려면 많은 노력과 경제적 시간적 여유도 필요하고 힘들 텐데… 그래도 양손 양발을 움직여 온몸으로 하는 것이니 운동도 되고, 스트레스도 풀며 즐거울 것 같았다. 한번 부딪쳐보자. 짬을 내어 배우기 시작하였다.

의외로 나이도 있고 취미로 배우는 사람치곤 감각도 좋고 빠르다는 칭찬을 들으며 재미에 빠져 있었다. 자신감도 생겼다. 몇 년만 꾸준히 배우면 아마추어로 좋아하는 노래 몇 곡은 연주도 할 만하겠다고 생각하며 꿈에 부풀었다. 그런데 노래 한두 곡 정도 칠 수 있을 무렵 오른 발목과 손목을 다쳐 아쉽지만 중단할 수밖에 없었다. 쇠를 박고 빼는 수술을 두 번씩 하며 치료가 끝나고, 회복기 2~3년이 지났다. 다시 드럼을 치고 싶지만 아직도 가끔 다친 곳이 시원치 않아 시작을 못 하고 있다. 눈까지 아프고 희미해져 악보는 제대로 볼 수 있을까? 배웠던 것은 이미 다 잊어버렸고 처음부터 다시 시작해야 하는데… 해가 거듭 지날수록 마음만큼 몸과 여건이 따라주지 않는다. 이젠 포기해야 하나? 마음을 비우고 즐기며 살자는 내 마음속에 포기가 들어있는지 생각해 본다. 마음을 비우는 것과 포기는 다르다. 실수나 실패는 있을 수 있지만 도전해 보려는 노력조차 하지 않고 포기란 있을 수 없다. 언제든 큰 무리 없이 손발을 쓸 수만 있다면 살아있는 한 꼭 다시 도전해 보려고 한다. 80세 전엔 할 수 있을까? 호시탐탐 기회를 노려본다. 도전하지 않는 일엔 결과도 없고 희망도 없다.

인생 공부

마음이 아리다. 성악을 전공하고 대학 강사로 강단에 서며 연주 활동을 열심히 하던 딸아이가 결혼과 함께 일을 접었다. 너무 멀리 서울에서 부산으로 아무 연고도 없는 낯선 곳에 떨어져 산다. 연년생인 두 아들을 키우며 힘겨울 때 급히 도움을 청할 친정 어미도 가까이 없고, 친구도 지인도 아무도 없으니 외롭기도 할 것이다.

한참 장난꾸러기들과 표시도 안 나는 집안일에 자기 시간을 가지고 하고픈 생활을 한다는 건 엄두도 못 낸다. 방음이 안 된 아파트에서 피아노를 치고 성악을 한다는 것도 쉽지 않다.

내가 이루지 못한 꿈, 교수가 되길 바랐던 딸아이가 엄마가 되어 아이들 잘 키우며 전업주부로 사는 것도 소소한 행복이리라. 하지만 유학까지 가서 오랜 기간 공부하고 쌓아온 재능을 썩히는 것 같아 늘 마음이 아프다. 딸아이가 힘겨워할 땐 더욱 마음이 쓰인다. '자신의 운명을 인식하는 때'라는 내 나이 지천명에 직장생활, 어린이들 동화구연그룹지도, 문화센터 장거리 강의 등, 발바닥에 오토바이 바퀴를 달고 뛰어다니며 10여 년 뒷바라지에 올인하여 정성 들인 막내딸이다. 그 아이가 무대에서 노래하는 모습을 볼 때 내 삶의 가장 큰 보람이고 기쁨이었다. 나 역시 예능에 관심이 많아 노래도 하고 싶고, 악기도 배우고 싶은 열망이 크다. 그러나 TV 음악 프로그램을 즐겨보면서 대리만족으로 아쉬움을 달래며 자주 눈물짓기도 한다.

살다 보면 어느 가정이나 갈등이 있기 마련이다. 자식은 애물단지라 한다. 이젠 관심을 끊고 내 생활을 즐기자며 글을 쓰고 그림을 그린다. 그래도 여전히 신경이 쓰이고 가슴 한구석이 허하고 아리다.

쑥쑥 예쁘게 자라는 손주들, 아기들이 커갈수록 만만찮은 먹거리며 학원비 등 지출도 늘어나… 무언가하고 싶어 하는 딸에게 너는 몸이 악기이니 목소리 잃지 않게 건강 잘 챙기며 계획을 세우고, 뭐든 급하게 서두르지 말고 준비하라고 했다. 그래서 기회가 되면 언제든 전공을 살려 즐기며 일할 수 있는 작은 공간을 마련해 보라고 권유했다. 그렇게 활동하는 것이 가사에 큰 도움은 못 되어도 스트레스 풀며 여유로움도 느낄 수 있는 삶의 활력이 될 수 있다고.

내가 살아 있는 동안 할 수 있다면 경제적으로 도울 수 있는 한도내에서 조금은 힘이 되어줄 테니 절대 노래를 포기하지 말고 희망을 가지라하였다.

얼마 전 딸아이가 피아노 학원을 하겠다고 하였다. 아직 유치원 다니는 아이들도 어리고 살림하면서 힘들 텐데 좀 더 생각해 보라고 했다. 나이도 있고 나중엔 자리 잡기 더 힘들다며 유치원과 집 가까이 좋은 자리가 있다고 한다. 2층이고 교회하던 자리라 넓은 평수인데 시세보다 싸게 나왔단다. 그래도 잘 생각해보고 하라고 하니 무엇이 그리 급했는지 벌써 계약을 했단다. 여러 군데 알아보았는데 맘에 드는 다른 곳은 권리금이 있고… 권리금 주느니 그걸로 시설하면 될 것 같다며 우선 집과 유치원이 가까워 아이들 케어 하기 좋을 것 같아 계약을 했단다. 홀이 넓어서 피아노 연습실은 6개만 만들고, 남은 홀은 연주 위주로 할 거라며 어린이 합창단도 조직하겠다고 한껏 의기충만해 있었다.

마음이 놓이지 않았다. 사진을 찍어 보내준 건물을 보았을 땐 교회 의자들이 있어서였는지 벽도 깨끗하고 창문도 커튼이 쳐져 있어 멀쩡해 보였다. 벽 처리는 페인트칠이나 도배만 하면 될 것 같았다. 그래도 직접 봐야 할 것 같아 급히 비행기표를 끊어 부산으로 내려갔다. 교회 의자를 다 치우고 난 홀에는 벽이며 창문도 너무 헐어서 다시 해야 하고 천정도 시멘트 골재가 그대로 드러나 있어 어느 것 하나 제대로 된 것이 없다.

이곳을 자세히 살펴보지도 않고 집과 유치원이 가깝다는 위치만 보고 계약을 하였단다. 이왕이면 새 학기가 시작할 때 오픈한다고 계약 20일 만에 잔금을 치르기로 하고 계약금 200만 원을 걸었다고 하니 황당했다. 20일 만에는 시설도 안 되고 당장 잔금을 치르면 그때부터 월세가 나가야 하는데… 걱정이 태산이다.

딸아이가 하고 싶어 하고 이왕에 계약을 했으니 웬만하면 일을 진행 시켜보려 하였다. 월세를 한 달 뒤부터 내기로 하고 몇 군데 학원 전문 인테리어에 견적을 뽑아보니 상상 이외로 추가 금액이 두 배 이상 거금이다. 더구나 냉난방 시설을 하려면 전기 승압비며 방범 시설 등… 기본이 안 되어 있는데 주인은 아무것도 해 줄 수 없단다. 건물도 매매로 내놓은 상태다. 코로나로 요즘같이 힘든 시기에 계약금 때문에 다 낡은 남의 건물에 몇천만 원씩 들여 불안을 감당할 이유가 없다. 할 수 없이 두 아들들과 의논하여 계약을 파기하기로 하고 그냥 상경하였다.

세상 물정 모르고 아무 조건 없이 덜컥 계약한 딸아이를 꾸짖기도 하고 달래기도 하며 온 가족이 신경을 쓰고 결정한 일이다. 공연히 도와주겠다고 한 나의 잘못도 없지 않다. 그걸 믿고 마음이 들떠 있다가 상처받고 실의에 빠져 울고 있는 딸아이의 마음 추스르기도 힘들고 계약금을 몽땅 떼이는 아픔도 크다. 계약 파기는 우리가 했으니 계약금을 돌려주지 않아도 할 말은 없다. 그러나 며칠만인데 법 이전에 기본 상식이 있고 인정이 있고 양심이 있다. 만나서 서로의 사정 이야기라도 주고받으며 조금이라도 돌려받을 수 있도록 조율해 볼 수도 있을 텐데… 부동산은 모른 척이다. 주인도 만날 일 없다며 계약금을 한 푼도 돌려주지 않은 채 연락을 끊었다. 견적을 뽑기 위해 받았던 홀 열쇠도 다른 장소에 갔다 놓으라 하고 딸아이를 만나 주질 않았단다. 그런 와중에 큰손주가 유치원에서 코로나에 걸려 왔다. 자가 격리로 보살피던 딸까지 감염되고 외출이 금지되었다. 다음날은 작은 아이와 사위까지 감염, 네 식구가 모두 자가 격리에 들어갔다. 가보지도 못하고 몸과 마음이 아픔에 지쳐있을 딸아이를 생각하니 잠이 오질 않는다.

딸아이가 주인을 찾아가 사정 이야기를 할 상황도 아니고, 장거리를 내가 찾아갈 상황도 못 된다. 주인이 건물 주인이자 교회 목사라고 하였다. 며칠 동안 가슴앓이하다가 말이라도 해봐야 할 것 같아 목사님에게 전화를 걸었다. 전화를 받는다. 내가 누구라는 것을 밝히자 지금은 손님과 이야기 중이니 나중에 이야기하자며 뚝 끊는다. 그 뒤 서너 차례 더 연락하였지만 아예 전화를 받지 않는다. 처음엔 내 전화인 줄 모르고 받았다가 일부러 피하는 것 같았다. 나중에 이야기 하자하고 끊었으면 일단은 전화를 받고 가타부타 말이라도 하는 것이 기본 예의가 아닐까 싶다. 아무리 그래도 딸아이와 한동네에 살면서 원수를 진 것도 아닌데 그럴 순 없다. 마음 아파할 딸아이에게 계약금은 돌려주지 않는다 해도 만나서 위로의 말 한마디라도 해줄 수 있지 않을까. 요즘처럼 힘든 시기에 한 달 월급 생활비에 버금가는 200만 원을 벌어도 시원치 않은데 한순간 판단의 실수로 날려버렸으니 마음이 아파도 너무 아프다. 건물 내부를 자세히 살펴보지 않고 위치만 보고 결정했다던 딸아이는 인생 공부하였다며 울먹였다. 세상이 이렇게 매몰차고 삭막할 수 있는지, 더구나 하느님 말씀을 전하고 산다는 목사님이 딸 같은 아이의 피 같은 그 돈을 고스란히 공짜로 챙기고 마음이 편할까? 잘 먹고 잘살라고 악담이라도 튀어나오려는 심정이지만 돈 잃고 죄까지 짓고 싶진 않다. 나 역시 인생 공부하였다 생각하며 이렇게 글이라도 써야 마음의 화를 식힐 수 있을 것 같다. 그래도 속상해하는 어미와 막내 동생을 위해 두 아들(오빠들)이 그 돈을 물어주겠다며 위로한다. 내가 해주겠다고 하니 엄마도 힘들지 않으냐고 건강 해치지 않게 모두 잊어버리란다.

힘들 때 서로 위로가 되고 힘이 되어주는 가족, 저희도 힘들 텐데… 돈은 잃었지만 진심 어린 형제간의 우애를 보고 느낀다. 심성 고운 마음 씀씀이가 눈물겹도록 고맙고 기쁘다. 그래, 사랑하는 아들딸아 너희는 메마른 세상 단비처럼 착하게 살아라. 남에게 사랑을 베풀 줄 아는 따뜻한 사람 되어라. 누군가에게 아픔을 주는 사람은 되지 말자. 우리도 하느님께 모든 걸 공짜로 받고 돌려드리는 것이 무엇이 있더냐! 더 큰 손해 보지 않고 건강 주심에 감사하자.

죽음

죽음은 누구에게나 온다. 언제 어느 때 어떤 형태로든 죽는다. 아무리 부자고 지위가 높고 잘났어도 죽지 않는 사람 없고, 가난하고 못나고 지위가 낮은 사람이라고 해서 두 번 죽는 법도 없다. 한 번 죽는 건 누구에게나 평등하다. 이 평등한 죽음을 어떻게 가장 기쁘고 행복한 모습으로 맞을 수 있을까!

며칠 전 친구로부터 이웃에 사시던 96세 된 어떤 노인의 죽음에 대한 이야기를 들었다. 4남 1녀를 둔 그 할아버지는 건강한 모습으로 돌아가시기 일주일 전 5남매가 다 모여 가족 모임의 시간을 즐겁게 보내고, 며칠 전부터는 먹고 싶은 것을 하나씩 마나님께 해달라고 하여 맛있게 잘 드셨단다. 그리고 돌아가시던 날은 임종 바로 전에 물이 먹고 싶다며 물 한잔을 달라고 하여 물을 마시고, 화장실까지 혼자 다녀오신 뒤 누워서 주무시듯 임종하셨다고 한다. 그 마지막 모습이 얼마나 편안하고 행복해 보이던지… 손녀딸이 와서 '할아버지 축하합니다'라고 하였단다. 어떻게 하면 이렇게 행복한 최후를 맞을 수 있을까! 이 할아버지는 살아서도 이웃에게 많이 베풀며 살았고, 가족에게도 조금도 부담을 주거나 불편하지 않게 해 주며 사셨다고 한다. 아무도 언제 찾아올지 모르는 죽음을 할아버지는 미리 알고 계셨을까? 건강하게 96세까지 사시다가 보고 싶은 사람 다 보고, 먹고 싶은 것 다 먹고, 남의 손 빌리지 않고 화장실까지 손수 다녀와서 깨끗한 모습으로 생을 마치셨으니 축복이 따로 없다. 호사好死다. 많이 베풀며 선하게 잘 사셨기 때문이리라. 잘 사는 것도 행복이지만 행복 중에 가장 큰 행복은 잘 죽는 것, 선종하는 것이라 생각한다. 이 이야기를 들으며 나는 언제 어떻게 어떤 모습으로 잘 죽을 수 있을까 묵상해 보았다. 죽음은 자기가 원한다고 되는 일이 아니지만 그리되도록 하려면 어떻게 살아야 할까. 남에게 상처 주지 않고 베풀며 선하게 살도록 노력해야 할 것이다.

죽음은 누구에게나 한 번인데, 가끔 두 번 죽는다는 말을 듣는다. 무슨 뜻일까 그건 분명 또 다른 의미의 죽음이 있음을 말하는 것일 거다.

나름대로 내 생각에 죽음에는 두 가지가 있다. 육체적인 죽음과 정신적인 죽음이다.

실제로 육신이 죽는 죽음은 누구나 죽는 한 번 죽음으로 고통의 끝이지만 살아있어도 살아있는 게 아닌 죽음은 육체적 고통이다. 그보다 더 고통스러운 것이 정신적 죽음이다. 몸은 살아 있지만 산 것이 아닌 마음의 상처로 받는 고통의 연속이다. 마음의 상처는 크기에 따라, 사람에 따라, 아픔의 크기도 다르다. 살다 보면 누구나 알게 모르게 상처를 주고받는다. 상처를 주는 사람은 의도적으로 줄 수도 있고, 의도적이 아닐 때도 있지만 보통은 대수롭지 않게 생각하고 행동한다. 그러나 상처를 받는 사람은 의도적이든 아니든 크고 작은 마음의 상처를 받는다. 그 충격과 상처가 너무 커서 병이 되는 경우도 있다. 이런 정신적 죽음은 죽을 때까지 사라지지 않는 고통이 되기도 한다. 그래도 살아서 받는 정신적 죽음의 고통은 육신의 죽음으로 끝이 있다. 하지만 이보다 더 무서운 고통은 죽어도 죽은 게 아닌 죽음이다. 이 죽음의 고통은 끝이 없다.

살면서 누군가에게 최소한 정신적 죽음이 되는 상처는 주고받지 말아야 한다. 그리고 어떤 죽음이든 육신의 죽음은 고통의 끝이 있지만 영생에서 얻을 또 하나의 삶과 끝이 없는 고통의 죽음을 생각해볼 것이다.

언제 어디서 어떤 형태로 찾아올지 모를 자기의 죽음을 자주 생각하며 두려움 없이 받아들일 수 있는 삶을 살도록 준비해야겠다.

태어날 때 기쁘게 축하받는 일은 누구나 받을 수 있지만 슬퍼해야 할 죽을 때 축하받는 일은 흔치 않다. 행복한 삶의 모습으로 가신 그 할아버지처럼 축하받는 죽음이 될 수 있도록 남에게 폐 안 끼치고 베풀며 가을 단풍잎처럼 아름답게 가고 싶다.

안 하는 것과 못 하는 것

미국에 살고 있던
친정 조카딸

코로나 때문에 하늘 길 막혀
아빠가 돌아가셔도
못 오고
엄마가 돌아가셔도
못 오고
형제자매 보고 싶어도
못 온다 했는데…

뜻밖의
하늘나라 여행 편도 티켓
어이 받아놓고

평생 한 번밖에 쓰지 못할
그 티켓
반납해도 좋고
미루었다가 버려도 좋으련만
그리도
아빠가 보고 싶고
엄마가 보고 싶었는가

사랑하는 사람과
두 아들을 어이 두고

기어이 멀고 먼 여행길 떠났구나
아빠, 엄마 따라 떠나갔구나!

'그리움은 만날 수 없는 기다림이고, 기다림은 만날 수 있는 그리움'이라고 한다. 그래서 '그리움은 깊을수록 슬퍼지고 기다림은 길어질수록 아름답다'고 한다.

50대 중반의 친정 조카딸이 세상을 떠난 지 벌써 1주기가 되었다. 며칠 전 올케언니의 기일을 보내며 언니보다 1년 먼저 가신 큰오빠와 조카가 너무 보고 싶다. 따라서 부모님에 대한 그리움도 북받친다. 큰오빠와 올케언니가 살아 계실 땐 자주 찾아가 뵙진 못했지만 가족모임 때라도 맘만 먹으면 볼 수 있고, 갈 수 있었던 친정이다. 먼 외국 땅에 떨어져 살고 있던 조카는 살아 있을 때도 만나기 힘들었다. 그래도 같은 하늘 아래 잘 살고 있으니 언제고 만날 수 있다는 생각에 만나지 못해 아쉽고, 보고 싶어도 이처럼 슬프진 않았다. 만날 수 있는 그리움이었다. 그런데 이젠 만날 수 없는 기다림이 되었으니 그리움이 더욱 슬프고 간절하다. 살아 있는 다른 조카들이나 형제 친척들도 잘 만나지 못하고 지내는 건 마찬가지다. 그래도 맘만 먹으면 볼 수 있으니까 만날 수 있는 그리움이다. 할 수 있는데 안 하는 것과 할 수 없어서 못 하는 것은 천지 차이다.

어찌하다 보니 끼니를 굶어 배가 고프다. 핑곗김에 간헐적 단식을 위해 먹을 것이 많이 있는데도 안 먹는다. 먹고 싶어도 돈이 없고 먹을 게 없어서 못 먹어 배가 고프다면 얼마나 비참할까!

걸을 수 있을 때 걷고, 보고 싶은 사람 만날 수 있을 때 만나고, 사랑할 수 있을 때 사랑하자. 그러면서도 얼마나 오래 살 것처럼 우리는 미루고 또 미루며 기회를 잃고 산다.

3부 달팽이의 외출

달팽이의 외출
—길 위에서

며칠째 불면의 베개 밑에 심통 하나 묻어두고 창밖이 훤하도록 뒤척거렸다. 무슨 심통일까! 길가엔 노란 개나리꽃이 너울대고, 여기저기 백목련의 하얀 웃음꽃이 터져 나오는 이 좋은 계절에 꽃샘 투정도 아니고…

자리에서 벌떡 일어나 앉았다. 비도 오지 않으면서 구름이 내려앉은 하늘처럼, 가슴이 답답하고 머리가 무겁다. 갑자기 아무 곳이나 훌훌 여행이라도 떠나고 싶다. 베란다에 쌓아 논 신문 뭉치를 들고 들어와 광고란을 훑어내린다. 제주도 유채꽃 놀이, 한려수도, 울릉도, 진해 벚꽃 놀이… 모두가 부질없는 것. 당장 일에 지장 없이 떠나려니 맞는 날이 없다. 차를 몰고 가까운 근교라도 나가고 싶지만, 길눈 어둡기로는 둘째가라면 서러울 사람이니 선뜻 나설 자신도 없다. '주변머리하고는 쯧쯧…' 몸은 더욱 늘어져 나른하고 좀처럼 마음이 풀리지 않는다.

사는 일에 지치고 고달퍼졌을 때

(중략)

그리운 이름 한 명쯤은
늘 가슴에 묻어두고 싶다.
까만 밤에도 흔들리지 않는 별빛 하나를
고독의 무게에 짓눌려 숨조차 쉬기 힘들 때
소중하게 꺼내 음미해 보는 사람
그런 사람을 그대는 가졌는가?…

—함석헌의 〈그대 그런 사람을 가졌는가〉 중에서

나도 모르게 며칠 동안 꼭 닫혔던 문을 열고 길 위에 서 있다. 아니, 어딘가를 향해 걷고 있다. 아직은 꽃샘바람이 차갑다. 길가 돌 틈 사이에 띄엄띄엄 앉아 있는 진달래가 입술을 열지 못한 채 웅크리고 있다. '그래, 네 마음이 내 마음일 수 있어. 너에게 내 마음을 담아 보내자.'

어디쯤일까? 버스 정류장에 이르러 안내 표지판을 쳐다본다. 〈우체국 앞〉이라고 쓰여 있다. 내 마음을 우체국 앞으로 보내면 어느 곳이라도 갈 수 있겠지… 500원짜리 동전 한 개를 꺼내 들고 버스를 기다린다. 버스 한 대가 만삭이 된 산모처럼 무겁게 지나갔다. 이어서 다시 좌석버스 한 대가 머물자 옆에 있던 아주머니 한 분이 올라탄다. 좌석버스라 요금을 더 내야 한다는 말에 다시 밀려 나와 퉁퉁거리며 불만을 토해낸다.

“마 좌석이라케도 자리도 없이 마카 서서 가는 기라 일반 버스와 다를 게 뭐 있노 그냥 태워줘도 안되겠나…”

그 순간 나는 토큰 한 개에 90원 하던 80년대로 돌아가 피식 웃고 있었다.

급히 부쳐야 할 우편물이 있어 우편요금과 토큰 대신 100원짜리 동전 두 개를 쥐고 우체국을 향해 뛰었다. 마감 시간이 얼마 남지 않았기 때문이다. 애초엔 버스를 타고 가려 했으나 금방 버스가 오질 않아 조급한 마음에 걷기 시작했고, 거의 반쯤 왔으니 이왕 걸은 김에 버스요금도 절약하기로 한 것이다. 그땐 단돈 10원이라도 절약해야 할 어려운 때였다.

겨우 우편물을 접수하고 땀방울을 씻어 내렸다. 뛰느라고 숨이 턱에 찼지만 아낀 버스비 백 원이 흐뭇했다.

후들거리는 다리로 버스를 기다렸다. 만원 버스 두 대가 서지도 않고 그냥 지나쳤다. ‘아이를 재워두고 와서 빨리 가야 하는데…’ 마음이 조급해졌다. 마침 이번엔 아주 깨끗하고 자리가 텅 빈 마이크로버스 한 대가 와서 멎었다. ‘어머, 이게 웬일이지? 자리가 이렇게 많은데 사람들은 왜 타지 않을까! 코스가 맞질 않나 보군’ 속으로 쾌재를 부르며 버스에 올라탔다. 토큰을 샀으면 90원인데… 그러나 만원 버스에서 온몸에 힘줄 세워가며 매달려 가는 것보다 편안히 앉아서 갈 수 있으니 아깝지 않다고 생각했다.

"아가씨! 여기 있어요"

안내양에게 100원짜리 동전을 넘겨주는 순간 안내양은 쓴웃음을 지으며

"이렇게 주면 어떻게 해요" 하고 퉁명스럽게 말했다.

"이 차는 꼭 토큰을 줘야 하나요? 토큰을 미처 사지 못해 그냥 탔는데… 미안해요" 그러자 안내양은 다시 한번 쏘아붙이듯 말했다.

"이 차는 좌석버스예요. 아무 데서나 서지 않으니까 빨리 내리세요." 하며 이미 차가 움직여 버스 정류장도 아닌 중간 지점에서 차를 세워 나를 밀치듯 떠밀었다. 얼떨결에 밀려난 나는 어안이 벙벙했다. '아무리 그래도 그렇지 토큰 대신 돈을 냈다고 이건 너무 심한 것 아니야?' 그리고 곰곰이 생각하니 얼마 전 뉴스에서 〈마이크로버스 서울 시내 운행〉이란 말을 언뜻 들어본 기억이 났다. '아! 그러니까 저것이 바로… 그렇다면 요금을 더 내라고 하면 될 게 아닌가!' 멀쩡히 젊은 여자가 대낮에 그토록 철저히 바보노릇을 하다니… 얼마나 부끄러운지 술독에서 방금 빠져나온 사람마냥 얼굴이 화끈거렸다. 길 가던 주위의 모든 사람들이 나만 쳐다보는 것 같았다. 나 때문이었는지는 몰라도 언뜻 차 안에서 한 아주머니가 힐끗 쳐다보며 웃던 모습도 생각났다. 괜히 남편이 원망스럽기까지 했다. '사업은 무슨… 적은 월급이라도 직장생활만 꾸준히 했어도 내가 이리 멍청해지진 않았을 텐데…' 우물 안 개구리가 따로 없다. 먹고 사는 생활비 충당하기에 급급해 다른 그 무엇에도 신경 쓸 마음의 여유가 없었다. 무엇을 읽고

들어도 건성이고 그때뿐이다. 다람쥐 쳇바퀴 돌듯 새로운 현실을 실감하지 못하고 이렇게 무딘 삶을 살고 있다니… 무거운 짐을 등에 업고 기어 다니며 겨우 문밖에 고개만 내밀었다가 움츠러드는 달팽이와 다를 게 무엇인가! 울컥 설움이 밀려와 쏟아질 듯 눈물이 한 움큼 고였다. 맥 풀린 다리를 휘청거리며 정신없이 걸었다. 힘겹게 지내온 날들이 한 조각 한 조각 흐려진 눈앞에 파득거리며 길 위로 떨어져 내린다. 그 조각들은 아픔으로 발끝에 채이며 발자국처럼 찍혀 지나갔다.

얼룩져 감겼던 필름이 또다시 10년을 더 거슬러 되돌아가 빠른 속도로 풀리고 있었다.

8남매 맏이 외아들 맏며느리로 시누이들을 데리고 살던 신혼 초—푸른 대문을 나서면 네모난 콘크리트 쓰레기통이 양쪽으로 늘어선 골목길, 오른쪽으로 커브를 돌면 두 사람이 비껴지나 갈 수 있는 비좁은 골목이 끝나는 자리엔 초라한 외등 하나가 서 있다. 외등을 끼고 왼쪽을 돌아서면 100여m 앞에 정육점이 보이고, 그 앞을 지나 약국과 세탁소가 있는 넓은 길을 나서면 버스가 다니는 큰길이다. 그곳엔 100원을 들고 종종걸음치던 익숙한 발자국이 촘촘히 박혀있다. 첫 아이를 가지고 남편 직장이 없어 최소한의 생활비만 시댁에서 타 쓰고 있었다. 소고기 100g에 100원, 버스비 60원, 크래커 100원, 평소엔 잘 먹지도 않던 크래커를 시누이들이 먹는 걸 보고 먹고 싶었던 배불뚝이, 한 개만 달랠 줄도 모르고… 100원이면 한끼 반찬값이 되는데… 성당 갈 때 타던 왕복 교통비 120원을 아끼기 위해 걷던 길, 큰길가 버스 정류소엔 낯익은 20대 여자가 오도카니 앉아 있다. 초라하지만 소박한 꿈이 있고 기다림이 있던…

갑자기 거센 바람을 일으키며 멎는 버스 소리에 깜짝 놀라 정신을 차렸다. 500원짜리 동전 한 개를 그대로 손에 쥔 채 뚜렷한 이유도 없이 답답한 가슴으로 떠돌던 바람! 30년 세월의 짧고도 먼 길을 다녀오고 있었다.

인생은 길과 같은 것. 길 가 언덕바지에 늘어선 개나리 꽃망울 터지는 소리가 들리는 것만 같다. 자연의 신비와 아름다움을 보고 느끼며 살아갈 수 있음 자체가 축복이고 행복인데… 내 어찌 잠시인들 우울해하며 심통을 부릴 수 있을까!

마음이 머무는 곳

결혼 후 40여 년을 서울에 살면서 남다른 감회가 서려 있는 대학로와 인사동 거리는 내게 가장 마음이 머무는 곳이며 고향만큼이나 애착이 간다.

강원도 원주가 고향인 내가 처음으로 서울을 동경하게 된 것은 중학 시절 어떤 국회의원의 측근에 있던 아나운서 출신의 중년 부인에게서였다.

서울은 큰 빌딩들이 많아 햇빛을 잘 볼 수 없어 사람들의 피부는 하얗고, 대문은 스위치 하나로 안에서 누르면 자동으로 문이 열리고 닫힌다고 했다. 어른들 틈에 끼어 이야기를 듣던 나는 어떻게 그럴 수 있을까 상상이 안 되었다. 그때의 우리 집은 나무 대문이었고 직접 나가서 빗장을 열고 닫아야 하는 것에만 익숙해 있었기 때문이다. 또 시골에서는 공부를 아무리 잘해도 서울 가면 하위권에 속한다는 말도 이해할 수 없었다. 도대체 서울은 어떤 곳일까?

그 무렵 서울에서 전학 온 친구가 있었다. 하얀 피부에 공부도 잘하고 야무지게 생겨서 서울깍쟁이라며 미움도 받았고, 서울을 동경하는 친구들의 경쟁 대상으로 부러움을 사기도 했다. 하루는 그 친구와 서울 이야기를 하다가 자동으로 열린다는 대문 이야기로 옥신각신했다. 그 친구는 아니라 하고 나는 그렇다고 하고…

'서울에 가본 사람과 안 가본 사람이 싸우면 안 가본 사람이 이긴다'더니 우리가 그 꼴이었다. 알고 보니 그 당시만 해도 자동 대문은 극소수의 특권층에서나 사용하고 있었고, 일반 서민 가정에는 아직 보급이 안 되어 그 친구도 몰랐던 것이다. 지금 생각하면 아무것도 아닌 일에 왜 그리 열을 올렸는지 모른다.

고등학교 졸업을 앞두고 처음으로 가슴 설레며 서울 땅을 밟았다. 복잡한 전찻길과 많은 버스들, 예나 지금이나 길눈이 어두운 나는, 방향감각을 잃고 덥지도 않은 날씨에 땀을 뻘뻘 흘리며 어둑어둑한 빌딩 사이를 얼마나 헤매었던지 모른다. 알지 못하는 거리를 방황하며 헤매듯 여러 가지 여건에 부딪히며 갈등했다.

수도자가 되어 사랑이 필요한 아이들과 함께 일하며 글도 쓰고, 그림도 그리고, 유아교육 강단에 서는 대학교수가 되고 싶었다. 그러나 모든 게 뜻대로만 되는 것이 아니었다. 공부 도중 어릴 때부터 기관지가 약한 나는 여러 번 거듭되는 발병으로 병원을 드나들면서 꿈은 깨지고 말았다.

한 남자의 사랑 덫에 걸려 갑작스런 결혼과 함께 원하던 대학을 끝내 다니지 못하고, 나의 길은 180도로 바뀌었다. 그래도 대학만큼은 포기할 수 없어 신혼 가방에 영한사전과 참고서를 제일 먼저 챙겨 넣었다. 신혼이지만 내 집도 있고, 남편도 대학원을 다니고 있어서 얼마든지 공부할 수 있는 여건이 되리라 믿었다. 그러나 현실은 그렇지 않았다. 빠른 임신과 출산, 남편의 순조롭지 못한 직장생활, 사업 실패와 생활문제, 무엇보다도 성격 차이에서 오는 여러 가지 갈등들… 도무지 헤어날 길이 없었다.

해마다 입시 철만 되면 계절병처럼 혼자서 속을 태우며 열병을 앓듯 괴로워했다. 아이들이 조금만 더 크면 되겠지, 조금만 더 참으면 생활도 안정되고 내 시간을 가질 수 있겠지, 힘자라는 대로 가정을 꾸려가기 위해 직장생활도 하며, 가정의 평화를 위해선 결국 나를 포기해야만 했다. 이렇듯 미루고 기다리던 20여 년의 무심한 세월은 어느새 젊음을 삼킨 불혹을 훌쩍 넘겨 반백을 향해 달리고… 무척 힘든 때였지만 더 이상 미룰 수가 없었다.

방송통신대 입학원서 접수 마지막 날이었다. 공부하려는 것이 무슨 죄인이라도 된 듯 외출한다는 것을 감추기 위해 홈드레스에 슬리퍼 차림으로 유아교육과 접수창구를 찾았다. 잠깐이면 될 줄 알았는데 꼬불꼬불 늘어선 줄을 몇 바퀴 돌아서서 오전 10시부터 4시까지 6시간을 기다려야 했다. 쌀쌀한 날씨에 눈이 오다가 녹고 또 얼었다가 녹은 질펀한 마당에서 허술한 슬리퍼를 통해 발목까지 차오르는 냉기와 아무 말 없이 장시간 집을 비워 청천벽력이 내려질 집안 걱정이 나의 추위를 무겁게 엄습해 왔다.

그냥 포기를 해야 하나 생각하다가 오랜 세월 기다린 시간이 설움처럼 다가와 가슴을 저몄다. 유아교육과는 특히 젊은이들이 많은데 이렇게 많은 경쟁자 속에서 입학은 할 수 있을까도 걱정이 되었다. 미달 학과도 있다는데 차라리 다른 학과를 택할 걸 하는 생각도 들었다. 그날 저녁 말도 없이 종일 잠적했다가 나타난 내게 떨어진 그의 불호령은 말해서 무엇하랴.

학생이 되었다. 주부이면서 아내로서, 엄마로서, 내가 움직이지 않으면 안 될 생활전선에서 일하고 집에 들어와 자정이 넘어 책을 펴고 앉으면 애꿎은 갈지之자만 몇 번 긋다가는 새벽 3시면 다시 일어나야 하는 1인 4역의 고달픈 생활이었다. 그러나 머리가 부서질 듯 아프다가도 학교에 나가면 그 순간만큼은 늘어진 어깨에 힘이 솟고 그렇게 가슴이 뿌듯할 수가 없었다. 한 남자의 지나친 보수적 사고방식 속에 갇혀 고문당하듯 사위어 가는 여인의 모습에서 벗어나는 유일한 나의 안식처였다. 어렵게 시작한 만학을 즐기며 심신이 가장 지쳐있을 때 찾던 곳, 나에게 활력을 주고 젊음으로 머물 수 있게 하던 곳이 대학로였기에 이곳은 내 삶의 의미가 용해되어 살아 숨 쉬는 곳이었다.

늘 젊음이 넘실대는 곳, 대학로엔 나이 든 사람은 살지도 않고 볼 일도 없는 곳일까 아니면 나의 눈이 이곳에선 늘 푸른 안경이라도 쓰고 있단 말인가. 언제 가보아도 노인들의 얼굴은 거의 볼 수가 없다. 서울에서 노인들이 가장 많이 모인다는 탑골공원과는 너무나 대조적이다. 젊음이 어찌 육신에만 있으랴! 몸은 늙어도 마음은 언제나 저 넓고 푸른 하늘을 향해 달릴 수 있지 않은가. 탑골공원의 노인들 마음에도 젊음이 살아 숨 쉬게 할 수는 없을까. 나이를 먹으면 나이답게 살아야 한다지만 지금도 나는 젊은 물결 속에 섞여 대학로를 거닐면 온갖 시름과 나이를 잊은 채 20대가 되어 마냥 즐겁고 경쾌하기만 하다.

또 가끔은 젊은 꿈의 끈을 잡고 나이에 어울릴 듯한 향기를 찾아 묵향이 물씬 풍기는 인사동 거리에 들어서면 이 또한 내 마음을 사로잡는다.

그림 공부가 하고 싶어 실력 있는 좋은 선생님을 만나기 위해 화랑마다 기웃거리며 마음에 드는 작품의 작가 선생님을 찾아 헤맨 게 그 얼마였던가! 우리나라의 얼이 담기고, 고전과 현대를 한 자리에서 볼 수 있는 세계의 축소판 같은 예술의 거리, 가슴이 답답할 때면 찾아가 심심치 않은 볼거리들과 각종 전시회를 구경하고 때로는 분위기 있게 멋을 살린 찻집에서 우리 가락과 어우러지는 향기를 음미해 보기 여러 번이었다.

'큰 사람이 되려면 서울로 가라'는 옛말의 의미를 이제야 조금은 알 것 같다. 보다 성숙한 사람이 되고 싶어 서울을 동경했고, 그런 삶이 되기 위해서 보고 듣고 느낄 수 있는 넓은 안목과 끊임없는 배움을 찾아 무던히도 서성거렸다. 배운다는 기쁨, 다양한 교육문화를 즐길 수 있고 다방면에 지식을 쌓아 내면을 아름답게 가꿀 수 있는 곳, 대학의 사회교육원이나 곳곳에 위치한 문화센터들로 남녀노소 누구나 무엇이든지 배울 수 있는 문화공간과 명소들이 많은 곳이 서울이다. 그런 의미에서 서울은 우리의 삶을 풍요롭게 해주는 여건들이 갖춰진 곳이다.

언제라도 마음만 먹으면 볼만한 연극 몇 편쯤은 즐길 수 있는 문화공간이 즐비한 대학로, 좁은 공간에서도 예술을 사랑하고 나름대로 꿈을 펼치며 작은 것에서 큰 기쁨을 느낄 수 있다면, 그 기쁨을 함께 나눌 수 있는 젊은 패기와 열정이 있다면, 나는 그곳을 사랑하리라. 그리고 내면의 갈증을 풀어주는 문학이 있고, 미술이 있고, 음악이 있어 정서에 활력을 주는 문화의 중심지 마음이 머무는 곳- 영원한 내 영혼의 안식처이기도 하다.

자존심과 자존감

살다 보면 누구나 좋은 일만 있는 게 아니다. 정신적이든 육체적이든 크고 작은 아픔이 있고 상처받으며 산다. 가끔은 '넌 자존심도 없느냐?'는 말을 하거나 들을 때가 있다. 자존심이 무엇이기에, 자존심이 상할 때는 단순한 아픔이 아니라 정도에 따라 때로는 아물지 않는 치명적인 상처를 받기도 한다.

내가 반백 넘어 늦깎이로 글을 쓰기 시작한 것은 내 삶의 가장 힘든 고비를 넘기며 자신을 추스르기 위해서였다. 어떤 장르의 작가가 되어 등단한다거나 무슨 상을 받고 싶다는 건 생각조차 하지 않았다. 그냥 산문이든 시가 됐든 장르에 구별 없이 나름대로 속내를 풀어 쓰고 싶은 대로 글을 썼다. 그러면서 글쓰기 기초가 되는 기본은 알아야 할 것 같아 문학 강좌가 있는 문화센터 여러 곳의 전단지를 보았다. 비교적 다니기 편하고 내가 쉬는 요일과 시간에 맞춰 처음 찾아간 곳이 S 문화센터 수필반이다. 그곳에서 처음 뵙는 L 선생님과 문우들을 만나 쓴소리도 듣고, 종종 칭찬도 받으며 1년 남짓 습작을 하던 때이다.

선생님의 추천으로 모 월간 문학지에 작품이 뽑혀 신인상을 받게 되었다며 등단하라고 하셨다. 등단이 무엇인지 얼떨결에 받아들였다. 어떤 문우는 3년 가까이 공부를 했는데도 아직 등단을 못 했다며 투덜투덜, 칭찬인지 시샘인지 약간은 불만 섞인 축하의 말을 건넸다. 나는 공연히 죄인 아닌 죄인처럼 미안해하며 한편으론 자랑스럽기도 했다. 시낭송가와 동화구연가로서 그 당시 문화센터 강사로 강의도 하고, 각종 행사 때 수필 낭독이나 시낭송을 하면 제법 잘한다는 평을 받고 있었다. 그래서 시낭송 행사를 겸한 이번 시상식에서도 특별히 선생님의 작품 낭송을 하기로 되어있었다. 그리고 문단에 입문하는 처음으로 받는 신인상이기에 가족처럼 가깝게 지내고 한동안 만나지 못했던 지인들도 초대했다.

시상식 행사에는 ○○문학상 대상, 최우수상, 우수상 등 수상자가 여러 명이고 초대 손님들도 많았다. 그런데 시상식이 모두 끝나도록 신인 수상자인 나의 이름은 호명되지 않았다. 몹시 당황스러워 등단지를 다시 살펴보았다. 분명히 신인상에 나의 작품이 실려 있고 등단 소감, 심사위원 선생님의 심사평까지 실려 있는데 나의 상패는 없었다. 꽃다발을 주려고 기다리던 지인들도 '뭐 이런 데가 다 있느냐, 사이비 아니냐'며 당황하기는 마찬가지였다. 손님을 초대해 놓고 이런 망신이 또 어디 있을까. 차라리 지인 초청이나 하지 말 것을… 너무 부끄럽고 자존심도 상하고 화끈거리는 얼굴로 몸 둘 바를 몰랐다. 뒤풀이 식사는 물론 차 한 잔도 나누지 못한 채 지인들과 헤어졌다. 나중에 알아보니 무슨 착오가 있었는지는 모르지만, 상패 값을 주면 만들어 주겠단다. 어이가 없다. 실수라 했어도 용납하기 힘든데 무슨 이런 일이 다 있을까! 돈을 주고받는 상패가 무슨 소용이 있고 의미가 있겠는가. 차라리 처음부터 말했다면 그냥 없던 일로 하는 것이 얼마나 편하고 좋았을까. 지인들 초청이라도 안 했으면 자존심이라도 덜 상했을 텐데…

그 뒤 시상식 전에 지인들에게 주려고 주문했던 문학지 50권 중 이미 나눠준 몇 권을 뺀 40여 권을 그대로 폐지 처리하고 수필 등단은 내게서 완전히 지워버렸다. 그리고 신변잡기로 나를 드러내는 일은 하지말자 생각하고 수필 쓰기를 접어버렸다. 등단이 좋은 건지 어떤 건지도 모르고 수필과 같이 시작한 아동문학과 시 쓰기에만 마음을 두었다. 그래도 어쩌다 수필을 써야 할 청탁이 있을 땐 한 편씩 쓰곤 하였지만 아직도 내겐 잊히지 않는 상처로 남아 자존심을 건드린다. 문학세계가 다 그런 건 아닌데… 어쩌다가 문학의 첫발을 내딛는 문턱에서 문단의 치부처럼 드러난 어둠의 한구석을 본 듯하여 부끄럽다. 그때 그 지인들이 문인들을 어떻게 생각하며, 글을 쓰고 있는 나를 어떻게 생각하고 있을까. 부정적 생각이 들 때마다 나의 정신 건강을 위해 자존심을 다독인다. 등단이 중요한 것이 아니라 '작가는 작품으로 말한다.' 했듯이 상처받은 자존심을 치유하고 문인으로서의 자존심을 살리기 위해 더 열심히 좋은 글을 써야겠다고 다짐한다. 그러나 다른 사람의 평가나 자신이 얻은 성과에서 자신의 가치를 찾는 자존심을 세우기보다는 나 자신에게서 기쁨을 찾는 자존감을 더 높이 가지려 한다. 자존감은 '정신건강의 척도이며 자신을 지켜내는 가장 강력한 무기'라고 하니까.

사전적 의미로 자존自尊은 '스스로 잘난 체하거나 자기를 높임', '자신의 인격을 존중하며 긍지를 가지고 품위를 지킴'이라고 되어있다. 이에 자존심은 '남에게 굽힘이 없이 제 몸이나 품위를 스스로 높이 가지는 마음'이다. 여기에 어느 지면에서 읽었던 기억을 더듬어 자존심과 자존감에 대한 개념을 다시 한번 되새겨 본다.

자존심과 자존감은 자신에 대한 긍정이라는 공통분모를 가지고 있어 자신의 가치를 인정하고 만족감을 느끼는 것은 비슷하다. 그러나 '자존감은 있는 그대로의 모습에 대한 긍정이며 자존심은 경쟁 속에서의 긍정'을 뜻한다. 따라서 자존심이 강한 사람은 가벼운 평가에도 울고 웃고, 다른 사람에게 인정받기 위해 무진 애를 쓰거나 성과에 연연하며 자신의 업적을 과시하고 상대방의 실수를 지적한다. 프란치스코 교황님께서도 '남을 나쁘게 말하는 이는 자존감이 낮음을 말하며, 나를 끌어올리기보다는 남을 끌어내리는 것을 더 수월하게 느낀다.'고 하셨다. 남보다 낫게 보이려는 경쟁 속에서 남을 부러워할수록 나의 삶은 초라해진다

'자존감(self-esteem. 자아 존중감)은 올바른 자기 이해를 전제로 자신의 가치와 능력을 긍정적으로 받아들이는 느낌을 의미한다. 자존감이 높은 사람은 자신을 그대로 바라보기 때문에 부정적 평가를 받더라도 겸허히 받아들이며, 칭찬받아도 우쭐대거나 분에 넘치게 나서지 않는다. 상대방의 가치는 담백하게 인정하고, 자신의 가치가 다른 사람의 평가에 좌우되지 않음을 알기에 그냥 나 자신에게서 기쁨을 찾는 사람'이다.

지금도 자존심 한켠에 남아 있는 기억이 상처의 흔적처럼 깨끗이 지워질 순 없지만 무슨 상관있겠는가. 상패가 있건 없건 그때의 나는 있는 그대로의 나였고, 누구에게 어떻게 보이든 나의 능력과 가치는 달라질 것 없는 나이다. 누군가의 생각 때문에 내가 변하는 게 아니다. 그로 인해 더 이상 자존심 상할 필요도 없다. 나 자신의 가치와 능력을 그대로 받아들이는 자존감을 높여 나 자신에게서 기쁨을 찾는 사람이 되고자 한다.

생성의 비밀

어릴 때 살던 고향 집은 원주 시내에 있었지만, 나무판자로 된 울타리 안의 뜰과 텃밭이 꽤 넓었다. 텃밭엔 고추, 상추, 가지, 토마토, 옥수수 같은 채소를 심어 부식 거리를 충당했다. 뜰에는 여러 종류의 꽃나무들이 있어 철 따라 끊이지 않고 꽃이 피었다. 마당 양쪽의 꽃밭과 한가운데엔 타원형 계단식 꽃밭을 만들어 100여 개의 화분으로 꾸며졌다. 꽃이 한창 필 때면 대문만 들어서도 꽃향기가 지나가는 사람들의 발을 멈추게 했고, 꽃집이라 불리기도 했다.

아버지는 특별히 꽃을 좋아하며 화초를 가꾸셨다. 특히 동국을 잘 키우셨다. 겨우내 뿌리로 간직했던 동국이 싹이 나는 봄이면, 손가락 한두 마디만큼씩 사선으로 잘라, 모래에 꺾꽂이하여 뿌리를 내린 뒤, 여름내 키워서 초겨울이면 꽃이 핀다. 꽃송이마다 철사로 받침대를 해주어 탐스럽게 핀 꽃을 성당 제대 위에 올리곤 하셨다.

어떻게 자른 가지에서 뿌리가 나고 싹이 날까, 식물이 반드시 씨앗으로만 번식하는 건 아니구나…. 아버지는 나무의 가지나 눈을 잘라 접붙이기하여 개량품종을 만들기도 하셨다. 꽃이나 나무를 가꿀 땐 불필요한 꽃송이와 가지는 미련 없이 잘라 버리신다. 떨어져 나가는 꽃송이와 가지들이 아까워 나는 그것을 주워서 꺾꽂이나 접붙이기 흉내도 내 보곤 했다. 지금 생각하면 글쓰기도 화초를 가꿀 때의 정성과 다름없다. 냉정한 가지치기를 해야 좋은 작품이 될 수 있다는 것을 알면서도 그것이 잘 안된다.

뜰 한쪽에는 닭을 20여 마리씩 병아리를 사다가 키웠다. 생활비 쓰기에도 빠듯한 월급으론 적은 목돈 마련도 힘들다며, 입학금 마련이나 어떤 목적이 있을 때면 어머니는 꼭 새끼돼지를 한 쌍씩 키우곤 하셨다. 나는 집안에 냄새나는 돼지우리가 있는 것도 보기 싫었지만, 어머니가 잘 아는 이웃집으로 다니며 음식 찌꺼기를 모아 뜨물 통을 이고 다니는 모습이 더 싫었다.

가족들이 돼지는 키우지 말자고 해도 어머니는 뜻을 굽히지 않고, 부끄럽다거나 힘든 내색을 전혀 하지 않으셨다. 닭을 키우는 것은 매일 몇 개씩 알을 낳아 따끈따끈한 달걀을 먹는 재미도 있었고, 무슨 날이면 닭을 잡아 고기를 먹을 수 있어서 그렇게 싫진 않았다.

그런데 암탉을 잡을 때 보면 뱃속에 알들이 주렁주렁 달려있었다. 며칠만 놔뒀으면 알을 많이 낳았을 텐데… 어떤 것은 조금만 있으면 곧 낳을 것 같은 커다란 알도 있었다. 그럴 땐 '차라리 알도 못 낳는 수탉을 잡지…' 하며 암탉이 불쌍하고 아깝다는 생각이 들곤 했다.

그리고 주렁주렁 달린 알을 볼 때마다 다른 동물이나 사람도 닭처럼, 뱃속엔 알이 많이 있어서 하나씩 자라면 아기가 되어 태어나는 줄로 생각했다. 그래서 나는 결혼식에 꼬마 들러리(신랑·신부 앞에서 꽃 뿌리는 화동)를 많이 섰었는데 그때마다 아무리 생각해도 풀리지 않는 궁금증이 있었다. 어떻게 배 속의 아기가 밖에서 치러지는 결혼식을 알 수 있을까! 여자 나이 몇 살이 되면 알이 아기가 되어 나온다고 정해진 것도 아니고, 아무리 나이가 많아도 결혼을 안 하면 아기는 나오지 않으니 어떻게 결혼했다는 걸 뱃속에서 알고 스스로 자라서 나올까.

초등학교 들어가기 전 아마 6~7세쯤 되었을 때였다.

"엄마, 배 속의 아기가 밖에서 결혼식 한 것을 어떻게 알고 자라서 나오지?"

어머니는 빙그레 웃으며 말씀하셨다.

"그건 하느님이 다 알려 주신단다"

"어떻게 알려 주시는데?"

"네가 조금 더 크면 알 수 있어"

출생에 대한 호기심은 계속되었다.

어느 날 암퇘지가 유난히 꿀꿀대며 꽥꽥 소리를 질렀다. 왜 그러는 거냐고 물으니 옆에 있던 친척 한 분이 장난기 어린 말투로 '시집보내 달라고 그러는 거야' 했다.

"돼지가 무슨…"

"정말이야! 너도 커서 시집보내달라고 하면 보내줄 게 하하…"

"난 싫어… 돼지야, 소리 지르지 말고 너희 둘이 그냥 결혼했다고 해"

'그럼 이제 너도 배 속에 있는 알이 자라서 새끼돼지가 되어 나오겠지?'

몇 달 후 정말로 새끼돼지 세 마리가 태어나 기쁨을 안겨 주었고, 신기했다. 젖을 뗄 무렵 어미돼지 두 마리는 적은 목돈이 되어 팔려나갔다.

가족을 위해서 희생을 아끼지 않으셨던 어머니처럼, 내실을 다져가며 부끄럼 없이 사는 당당한 삶, 기쁨을 줄 수 있는 향기 나는 사람, '여자란 눈도 비도 모든 것을 수용할 줄 아는 대지와 같다'던가?

생성의 비밀을 품고 있던 내 어릴 때 고향 집 뜨락 같은 그런 여인이고 싶다.

침향沈香

아버지의 기일이다. 출가한 뒤 친정 부모의 제사에 한 번도 참석하지 못했다. '내년에는 꼭 참석해야지' 다짐하면서도 언제나 마음뿐, 부모와 공유했던 한 세기를 마지막 보내는 올해도 또 그랬다. 어젯밤 꿈엔 아버지와 어머니 사이를 오가며 철부지처럼 뒹굴었다. 꿈에서 부모를 만나면 병이 난다고들 하지만 그래도 좋다.

'언제라도 자주 오세요, 꿈에라도 생시처럼 뵐 수만 있다면…'

'아버지! 오늘도 저에게 십자가 앞에 하얀 종이 한 묶음과 펜을 놓아주시려는지요? 아니, 이젠 굳이 말을 하거나 글로 쓰지 않아도 제 마음을 다 읽고 계시겠지요. 그리고 기억하시나요?'

고등학교 때이다. 성당에서 만과(저녁기도)가 끝나면 친구들과 그냥 헤어지기가 섭섭해 성당 묘지로 산책하러 가곤 했다. 밤중에 공동묘지에 간다는 것은 묘한 사춘기 감정 같기도 하고, 또 그때엔 마땅히 갈 만한 곳이 가까이 없었던 것 같기도 하다. 겁이 많은 나는 처음엔 머리끝이 쭈뼛쭈뼛 해져서 가기를 꺼려했다. 그러나 커다란 십자가가 입구에 세워져 있고, 친구들 여럿이 함께 어울리는 즐거움과 호기심으로 자주 다니다 보니 뒷동산에 올라가듯 예사로워졌다. 가끔 친구 중에 하모니카나 트럼펫을 가지고 와서 불기라도 하면 기분은 더 묘했다.

늦더위가 채 가시지 않은 초가을, 그날도 저녁기도가 끝나고 묘지로 향했다. 늘 5~7명씩 되었는데 그날은 남자친구 한 명밖에 없었기 때문에 둘이서 가게 되었다. 가는 길에 외사촌 오빠를 만났다. '무서움도 잘 타는 애가 그곳엔 무엇 하러 가냐?'고 묻는 오빠에게 '산책하러 간다'고 대수롭지 않게 대답하며 지나쳤다.

많은 봉분이 내려다보이는 묘지 맨 꼭대기 한가운데 올라섰다. 스산한 바람이 봉분 사이로 낮은 울음을 울며 땀 내음을 실어 갔다. 먼 야경을 바라보면서 한껏 감상에 젖었다. 詩도 읊어보고, 좋아하는 가곡부터 가요까지 생각나는 대로 목청껏 노래도 불렀다. 장래 희망과 진학 문제도 진지하게 이야기했다. 여럿이 왔을 때와는 또 다른 감정이 맴돌았다.

바로 그때였다. 산 아래 저만치서 누군가가 휘적휘적 팔을 저으며 올라오는 형체가 보였다.

"저기 누가 오나 봐, 비틀거리는 걸 보니 술 취한 사람 같아, 무서워"

"아유, 겁쟁이야. 여차하면 여기 이 주먹이 있잖아"

친구가 주먹을 불끈 쥐어 내보인다. 한주먹 하는 친구였다.

몇 차례씩 넘어졌다가 다시 일어나 휘청거리며 올라오는 모습 뒤에 또 하나의 형체가 보였다. 불량배들이면 어쩔까 싶어 점점 겁이 더 났다. 그런데 우리를 향해 올라오던 형체가 가까워지자 나는 깜짝 놀랐다. 오랫동안 병석에 누워 혼자서는 제대로 일어나지도 못하시던 아버지였다.

"너 여기서 뭐 하는 거야"

"대부님……" (친구는 아버지의 대자였다)

"너 이 녀석 네가 어떻게 이럴 수가 있어?"

……

힘껏 내 팔을 휘어잡으신 아버지의 손이 떨렸다. 내 몸과 마음도 사시나무 떨듯 떨렸다. 아버지를 뒤따라 쫓아온 외사촌 오빠가 몹시 원망스러웠다. 오빠도 무심히 한 말이었는데… 얼마나 걱정이 되셨으면 병석에서 무슨 힘으로, 어떻게 걸어오셨는지 금방 쓰러져 돌아가실 것만 같았다. 기진맥진 식은땀이 비 오듯 흘렀다.

집으로 돌아와 방에 들어서자 아버지는 식구들을 모두 밖으로 나가게 하셨다. 나는 고개를 숙인 채 꿇어앉아 불호령을 기다렸다. 무거운 침묵이 흘렀다. 잠시 뒤 내 앞에는 작은 상이 놓였다. 그리고 벽에 걸려있던 십자가를 떼어 상위에 올려놓으며 편지지 한 묶음과 펜도 놓으셨다.

"여기에 지금까지 주고받았던 대화나 행동을 솔직히 다 적어라. 아버지는 속일 수 있어도 하느님은 못 속인다."

아버지는 차분히 가라앉은 목소리로 말씀하셨다. 그리고 눈을 감으신 채 기도하셨다.

함께 부르던 노랫말을 쓰려다가 얼굴이 화끈 달아올랐다.

"모래알같이 많은 사람들 하필이면 왜 당신이었나…"

"……불나비사랑"

그때 당시 한참 유행하던 가요다. 부를 때는 그냥 좋아서 의미 없이 불렀는데 막상 노랫말을 종이에 옮겨 쓰려고 하니 왠지 부끄러웠다. 그 노랫말이 마치 어떤 의미라도 주는 것처럼 느껴진 것이다. 아버지한테 공연한 오해를 받을 것 같아 망설였다. 그냥 가사는 쓰지 않고 '손잡고 무슨 노래를 불렀다'라고 노래 제목만 적었다. 안도의 한숨과 더불어 펜을 쥔 손에서는 진땀이 났다. 하나도 빼먹지 말고 쓰라고 하셨는데 노랫말을 쓰지 않은 만큼의 대가는 편치 않은 양심의 가책으로 한동안 치러졌다.

나의 글을 읽어보신 뒤 아버지는 그 자리에서 한 장씩 한 장씩 태우셨다. 안심이 되신 듯 마른 풀잎처럼 자리에 눕던 창백한 얼굴, 눈가엔 물기가 어려 있었고, 꼭 다문 입술은 하얗게 타서 말라 있었다. 그 모습에서 묻어 나오는 아버지의 사랑과 행동 반듯하고, 정직한 삶을 살아야 한다는 가르침을 받았다.

단 한 번도 큰소리로 꾸짖거나 매를 들지 않아도 엄격하였고 자상하셨던 아버지, 어머니가 돌아가셨을 때나, 병석의 당신이 위독하실 때도 위독하다고 하면 충격받고 놀랄까봐 '시간 있으면 잠깐 다녀가라'는 정도의 연락만 하도록 하셨다. 그리고는 돌아가시기 전에 내가 오지 못하면 어쩔까 마음 조이며 기다리셨단다. 돌아가신 뒤에 도착하면 얼마나 내가 슬퍼하고 마음 아파할까를 더 걱정하셨다는 것이다.

임종하시기 전에 내가 도착하자 첫 말씀이 '하느님 감사합니다'였다. 마음에 상처를 주지 않기 위해서 늘 섬세한 사랑으로 품어주셨던 아버지, 그런 아버지의 마음을 헤아리지도 못한 채 나는 아버지 곁에서 하룻밤도 지켜드리지 못했다.

어머니가 돌아가실 때는 몸이 바짝 마르고 손발이 차가웠다. 그런데 아버지는 손발이 따뜻하고 모습도 그대로여서 그렇게 빨리 돌아가실 줄 몰랐다. 사람이 죽을 땐 누구나 똑같이 바짝 마르고 손발이 싸늘해져야만 죽는 줄 알았던 바보다.

결혼할 때 "네가 시집가서 나만큼만 산다면 걱정이 없겠다"고 하시던 어머니 말씀이 생각난다. 그것은 아버지에 대한 어머니의 만족스러운 표현이기도 했다.

아버지 역시 엄마가 돌아가신 뒤 "너희 엄마는 참 좋은 여자였다"고 하셨다. 그리고 "너희 엄마는 차가운 땅속에 누워 있는데 나 혼자 무슨 재미로…" 아버지가 돌아가실 때까지 8개월 동안 어머니를 생각하며 TV를 안 보셨다. 나는 이 세상 모든 남자가 아버지 같은 줄만 알았다. 그 사랑의 유산을 풍족히 받고도 부모님을 닮기엔 너무나 부족한 막내딸이다.

세월이 지날수록 점점 더 짙어만 가는 그리움, 당신은 땅속에 묻혀있어도, 사랑은 침향沈香처럼 침묵의 향기가 되어 맴돌며, 빈 가슴에 가득가득 차온다.

손톱을 깎으며

오른쪽 장지는 원래 못생겼고, 왼쪽 장지는 예뻤는데… 손톱을 깎으며 20대 초반에 생인손을 앓았던 왼쪽 장지 손가락에 눈이 멎었다. 얼핏 보면 잘 모르지만, 손톱 밑 한쪽 끝이 약간 잘록 들어가 있다.

생인손을 앓을 때, 처음엔 대수롭지 않게 생각했던 손톱 밑이 욱신거리고 아프더니 벌겋게 성난 손가락이 퉁퉁 붓고 곪기 시작했다. 통증이 심해지자 병원에 갔다. 손톱을 빼야 한다며 안 그러면 손가락 한 마디를 잘라내게 될지도 모른다고 했다. 겁이 많은 나는 너무 무서워 그냥 뿌리치고 도망쳐 나왔다.

손톱이 빠져나갈 것 같은 아픔을 도저히 견뎌내기 힘들었다. 어머니는 민간요법으로 기름을 끓여 붓자고 하셨다. 그것도 너무 무섭고 겁이 났지만, 손톱을 빼거나 잘라내는 것보다는 낫지 않을까 싶어 할 수 없이 따르기로 하였다.

밀가루 반죽을 하여 상처 부위를 빙 둘러 바르고 곪은 상처에 기름을 팔팔 끓여 부었다. 멀쩡한 살에 닿으면 기절할 노릇이다. 팔팔 끓는 기름처럼 철없이 팔팔 뛰던 겁먹은 막내딸을 붙잡고 눈시울 붉히며 달래주시던 부모님, 행여 성한 살에 닿을까 조심스레 아버지는 내 손을 붙잡고 어머니는 기름을 끓여 부으며 애처로워하시던 모습이 눈에 선하고 그립다.

큰일 날 뻔했지, 얼마나 다행인가 그때 병원에서 권한 것처럼 손톱을 빼거나 잘라냈다면 분명 손가락 병신이 되었을 텐데… 그 손가락에 애정이 가서 손톱을 한 번 더 모양 있게 다듬어 주었다. 정상적인 자식보다 장애를 가진 자식에게 더 마음이 가고 사랑을 쏟는다더니 이것도 그런 심리에서일까? 아님, 부모님 사랑의 흔적이 남아있는 멀쩡한 손가락에 대한 고마움의 뜻일까, 손톱을 정리하고 두 손을 바라본다. 별로 크지 않은 부모님의 손을 닮았다. 손등이 쭈글쭈글 탄력이 없다. 그래도 젊어선, 아니 몇 년 전까지만 해도 손이 참 예쁘다는 소리를 들었는데…

손재주가 많으셨던 아버지, 글도 쓰고, 글씨도 잘 쓰시고 무엇이든 꼼꼼하게 잘하셨다. 손 모양뿐 아니라 그 DNA도 조금은 닮아 있는 걸까? 나도 아버지만큼은 따라가지 못해도 부모님께 받은 이 손으로 글도 쓰고 그림도 그리고 있다. 나름대로 하고 싶은 걸 하며 따듯한 손길 느끼고 나눌 수 있으니 참 감사하다.

중학교 다닐 때 어떤 친구가 다섯 손가락 중에 너는 어느 손가락이 제일 좋으냐고 질문하던 생각이 난다. 자기가 가장 좋아하는 손가락에 따라 가족을 사랑하는 성향이 나타난다고 하였다. 그때 나는 검지손가락이 제일 좋고 새끼손가락도 작으니까 귀엽다고 대답했다. 그러자 친구는

"그럼 그렇지. 넌 그럴 줄 알았어" 하며 깔깔 웃는다.

"왜?"

"넌 남편을 제일 좋아하겠구나, 그다음엔 자식이고…"

정말 그런가? 내가 어머니를 닮으면 그럴 것 같기도 했다.

엄지를 좋아하면 부모를 제일로 여기고, 검지는 배우자, 장지는 형제, 약지는 본인, 새끼손가락은 자식이란다. 좋아하는 성향은 그렇다 하더라도 가장 중요한 손가락은 엄지가 아닐까 생각한다.

며칠 전 가위질을 좀 많이 했더니 갑자기 손등이 붓고 만질 수도 없이 아프다. 엄지손가락도 움직일 수가 없다. 엄지손가락이 아파 굽힐 수 없으니 다른 손가락까지 힘도 못 쓰겠고 아무것도 할 수가 없다. 글씨도 쓸 수 없고 무엇을 잡거나 들 수가 없어 물컵 하나 들기도 힘들다. 나중엔 손목도 팔도 어깨까지 뻐근하다.

어떤 손가락 한 개라도 다치거나 없으면 불편한 건 마찬가지겠지만 다른 어느 손가락보다도 엄지가 없으면 가장 힘들 것 같다. 엄지의 의미도 부모라고 하니 부모가 없으면 아무것도 있을 수 없지 않겠는가.

열 손가락 깨물어 안 아픈 손가락 어디 있느냐고 하지만 좀 더 마음이 가고 예뻐 보이고 좀 더 소중하게 느껴지는 정도의 차이는 있는 것 같다.

사과

나는 사과를 좋아한다. 과일은 모두 좋아하지만 어릴 때부터 사과를 무척 좋아했다.

사과를 하루에 한 개씩 먹으면 의사와 멀어진다는 말이 있지만 아무리 몸에 좋다고 해도 싫으면 잘 안 먹게 된다. 좋아하니까 지금도 여전히 잘 먹는다.

초등학교 다닐 때 어머니는 가끔 사과를 가방에 넣어주셨다. 학교에서 아이들이 안 보는 데서 먹을 수도 없고, 보게 되면 부끄러워 그냥 다시 가지고 갈 때도 있다. 좀 불편해도 쉬는 시간에 짝꿍이랑 책상 밑에서 한 입씩 깨물어 먹는 것도 더 맛있고 좋은 추억이다. 내가 어른이 되어서도 사과가 선물로 들어오면 어머니는 안 드시고 몇 날 며칠이 지나도록 항아리 속에 넣어두었다가 꺼내주곤 하셨다. 어느 땐 한 달도 더 되어 쭈글쭈글 시들거나 반쯤 상하기도 한다. 아무리 그러지 말고 그냥 드시라고 해도 내가 먹는 걸 보는 게 더 기쁘다고 하셨다. 어머니가 잡수실 땐 편찮을 때이다. 아버지가 사과를 수저로 긁어 드리면 받아 드셨다 껍질은 아버지 몫이다.

어머니가 돌아가시기 전 친정 큰조카한테서 편지가 왔다. 시간이 괜찮으면 한번 다녀가라는 내용이다. 자주 편지를 하던 것도 아니고 특별히 다녀가라고 할 이유도 없는데 이상하다는 생각이 들어 친정에 전화를 걸었다. 올케언니가 받으며 어머니가 많이 편찮으신데 왜 빨리 안 오고 있느냐며 얼른 오라고 한다. 나는 평소에 어머니가 자주 편찮으셨기에 이번에도 그러려니 생각했다. 그런데 아버지께서 이번엔 엄마가 다시 일어나기 힘들겠다고 하셨다. 임종하는 사람들을 자주 지켜보았던 아버지는 어머니가 돌아가실 것을 예감하고 계셨나 보다.

우리 집에 전화기가 없던 때라서 급한 일이 생기면 전보를 쳐야 한다. 그래도 아버지는 어머니가 위독하다고 전보를 치면 내가 놀랄까 봐 편지를 쓰라고 하셨단다. 편지를 받아보고 올 때까지는 시간적 여유가 있다고 생각하셨나 보다.

어머니가 임종하시기 바로 전날이다. 다른 가족들은 이미 다 모여 있었다. 뒤늦게 도착해 어머니의 모습을 보고 깜짝 놀랐다. 한 달 전 생신 때까지만 해도 그렇지 않았는데 이럴 수가… 몸이 너무 마르셔서 뼈와 가죽만 남은 것 같았다.

곡기를 끊으신 지 이미 오래고 물 한 모금 넘길 수 없는 상태다. 갈증을 풀기 위해 손가락 한 마디만큼 얇게 뜯어 저민 솜을 물에 적셔 입에 대어 드리면 겨우 물고 힘없이 입술을 움직이던 어머니의 모습,

이미 손발이 싸늘해진 앙상한 그 모습으로 방금 도착한 나를 보시더니 눈과 손끝으로 머리 위를 가리키셨다. 머리맡에는 사과가 있었다. 그리고 아주 미미하게 고개를 돌리는 듯 옆에 있던 언니에게 눈빛으로 말했다. 어머니의 마음을 섬세하게 읽은 언니가 "마리아(나의 세례명)에게 사과를 주라고?" 하자 살짝 한 번 고개를 끄떡이셨다. 그리고 다시 나를 쳐다보며 글썽한 눈빛으로 어서 먹으라는 표정을 지으셨다. 눈물이 와락 쏟아졌다. 언니가 사과를 나에게 주며 얼른 먹으라고 하였다. 눈물 젖은 빵이란 말은 있지만… 임종을 앞둔 어머니 앞에서 눈물 젖은 사과를 먹었다. 어머니는 아주 평온한 얼굴로 엷은 미소를 띠는 듯하셨다. 내가 어머니에게 마지막으로 기쁘게 해 드릴 수 있는 것이 겨우 사과 먹는 모습이라니…

어머니가 마지막으로 번갈아 가며 물고 계셨던 그 솜을 언니와 내가 하나씩 가졌고, 아직도 간직하고 있다.

지금도 사과를 먹을 때마다 눈물겨운 어머니의 마지막 그 사과를 생각한다.

어버이날

'어머니의 마음', '어머님 은혜' 동영상 노래를 들으며 울컥~ 돌아가신 부모님이 더욱 보고 싶고 그리워진다.

여느 부부 못지않게 금실 좋으셨던 만큼 늘 두 분 중 누구든 한 분이 먼저 가면 먼저 간 사람이 자리 잡아놓고 데리러 오기로 하자며 약속처럼 말씀하시더니 내가 28살이던 해, 어머니는 3월, 아버지는 11월에 금실 좋게 가셨다.

막내는 사랑도 많이 받지만, 부모를 일찍 여의는 설움도 있다. 아직도 부모님이 살아계신 친구들이 부럽다.

결혼 전 어느 해인가 '어머니의 마음' 노래를 불러드렸더니 눈시울 적시면서 그렇게 좋아하셨는데, 왜 그렇게 기뻐하시던 노래 한 번 더 불러드리지 못했는지… 어버이날 선물이라곤 값싼 브로치 하나, 결혼해서도 돌아가시기 전에 동대문표 스웨터 하나 사드린 것밖에는 기억에 남는 게 없다. 그 브로치를 얼마나 애지중지 여기셨는지, 그리고 백화점의 값비싼 어떤 옷보다도 부럽지 않게 생각하고 자랑스럽게 입으셨는데 그 스웨터도 겨우 한해밖에 입지 못하고 돌아가셨다.

어린 시절, 어머니가 돌아가신 외할머니가 보고 싶다고 하시면 '엄마도 엄마가 보고 싶나? 엄마는 엄마인데…'라며 의아해했다. 그런데 나이를 먹으면 먹을수록 점점 더, 70을 훌쩍 넘긴 할머니가 되어서도 이렇게 어머니가 보고 싶고 아버지가 그리운 건 왜일까. 철없던 막내가 이제야 철이 드는 건지 너무도 못 해 드린, 돈 안 들이고도 할 수 있던 것조차 하지 못했던 뒤늦은 후회와 아쉬움 때문일까.

자식들의 행복만을 기도하며 외롭고 서운함을, 아무리 힘들고 아파도 내색조차 하지 않고 보내셨을 부모님 마음을 이제야 절실히 깨닫게 된 때문일까, 빛바랜 부모님 사진 앞에서 입속으로 흥얼흥얼 '어머니의 마음' 노래를 부르며 기억 속에 잠겨 부모님 사랑을 되새겨본다.

어머니 나이 41살에 나를 낳으셨다. 어릴 때부터 병치레가 잦아 부모님의 애를 많이 먹인 나는 아기 때의 나를 기억할 수 없다. 그러나 자라면서 부모님과 형제, 친척 이웃들에게 적지 않게 들어온 이야기로 나를 기억하고 있다.

세 살 때 다 죽었다가 기적적으로 살아난 아이, 나는 천주의 고양 기적의 패를 목에 걸고 부모님의 간절한 기도로 살아났다고 한다. 이 이야기는 지금까지도 늘 나에게 잘 살아야 한다는 큰 부담과 희망으로 남아있다.

입원 치료하던 병원에서 가망 없다고 숨지기 전에 빨리 데려가라고 하여 퇴원시킨 나를 위해 아버지가 기도하실 때 '이 아이가 당신 뜻에 합당하게 살 수 있다면 살려주시고 행여 잘못된다면 지금 데려가시라'고 하셨다는데, 살아났다.

나는 너무 오랫동안 젖을 빨지 못해 혀가 송곳처럼 새카맣게 말라붙었고, 어머니 젖가슴도 바짝 말랐다고 하였다. 눈을 하얗게 뒤집어쓰고 마지막 숨을 모으는 것을 차마 볼 수 없어 어머니는 돌아앉아 숨지면 입힐 옷을 만들고 계셨단다. 그때 이모님이 천주의 고양 기적의 패를 가지고 와서 목에 채워주고 기도해 보자고 하였단다. 아버지는 하느님을 시험하듯 한번 해보자는 건 안 되고 믿음을 가지고 기도하자. 낫지 않아도 원망하거나 쓸데없는 일이라 생각하면 안 된다. 그리고 함께 기도 하던 중 갑자기 제 손으로 눈을 비비며 무섭기까지 하던 흰 눈동자가 정상으로 돌아왔다고 한다. 어머니가 끌어안고 젖을 물리자 재채기하며 거짓말처럼 양손으로 젖을 주무르며 빨더니 건강한 아이처럼 잠이 들더란다.

다음날 병원에 가니 의사는 사망신고 하려고 진단서 쓰러 온 줄 알고 위로의 말부터 했단다, 좀 나았다고 하니까 깜짝 놀라며 하던 일을 멈추고 아버지를 따라와 진찰을 하더니 이상하다며, 완전히 나았다고 하였단다.

이렇게 살아난 내가 과연 주님의 뜻대로 잘살고 있는지, 차라리 하느님을 몰랐다면 편하겠다고 생각할 때가 한두 번이 아니다. 그러면서도 한편으론 당신 뜻이 무엇이며 내가 무엇을 해야 하는지, 지금까지 살려주셨으니 잘못해도 좋은 데로 이끌어주시겠지 하고 희망을 가진다. 아버지 기도의 응답을 찰떡같이 믿고 싶은 욕심쟁이가 되었다.

쥐 고기를 먹은 아이. 그 말을 들을 때마다 나는 극구 아니라고 부정하며 부끄러워했다. 영양부족으로 단백질이 필요했던 내게 쥐를 잡아, 참새구이처럼 구워서 먹여주셨던 어머니다. 나 같으면 그렇게 할 수 있었을까? 못할 것 같다.

피난 갈 때 걸리지도 못하고 업고 가기도 힘든 애매한 나이의 내가 얼마나 힘드셨을까. 아버지 이불 짐 지게 위에 올라앉아 가던 내가 엿을 먹다가 잠이 들었다. 무더위에 온통 얼굴에 녹아 붙어 눈을 뗄 수가 없었다. 잘 닦이지 않는 눈을 다칠까 봐 그랬는지 아버지가 혀로 핥아 닦아주셨던 기억은 가장 어릴 때의 내 기억으로 생생히 남아 있다.

다 커서도 아버지 무릎 위에 올라앉아 응석 부리던 막내딸, 늦잠 자고 허둥대면 머리 빗겨주고 책가방까지 챙겨주셨다.

시집갈 나이, 다 큰딸이 기껏 깔고 자던 요가 얇다고 하면 등이 배긴다고 두 개씩 깔아 주시던 아버지, 결혼할 때 오뉴월 땡볕 십리 길을 땀 뻘뻘 흘리며 걸어서 장롱 만드는 곳을 직접 찾아가 골라주시던 아버지, 어디 그뿐이랴!

세월이 흐르면 모든 것이 낡고 빛바래고 사라지는데 새록새록 선명

해지는 건 부모님 사랑인가 보다. 하늘에서도 듬뿍 쏟아주실 사랑의 기도 소리가 귓전을 맴돈다.

돈이 많고, 부유하게 살며 명예가 있어야 행복한 것이 아니라는 것, 재물이 아닌 부모님 사랑과 하느님 사랑을 유산으로 남겨주신 부모님 은혜가 하늘과 같다.

작은오빠의 사랑

우리 형제는 4남매이다. 그중에 큰오빠와 나는 결혼을 하였고, 작은 오빠와 언니는 성직자와 수도자가 되었다. 친정에 가면 아버지 대신 반겨주던 큰오빠는 3년 전 돌아가셨다. 이제 하나밖에 없는 작은오빠와 언니는 나에게 부모님과 같다.

작은오빠는 사제가 되기 위해 초등학교를 졸업하고 바로 중학교부터 신학교에 들어가셨다. 오빠에게 직접 들어본 적은 없지만 어린 나이에 얼마나 부모님이 보고 싶고 힘들었을까. 어머니는 또 추운 겨울 어린 아들의 꽁꽁 언 손을 잡고 기차역에서 애처롭게 떠나보내고 얼마나 보고파 하셨을까. 방학이라야 오빠를 볼 수 있었다. 방학 때 집에 오면 무언가 잘해주지 못해 안타까워하시던 어머니는 계란도 귀한 때라 잘 못해주셨는지, 개학 전날 밤이면 계란 한 줄을 삶아 내놓고 많이 먹으라며 오빠를 밤 깊도록 바라보시던 어릴 적 기억이 난다.

이 세상에서 내가 가장 존경하고 사랑하는 분은 주교가 되신 작은 오빠다. 성직자이고 오빠이기 때문이 아니라 오빠의 인품에 배어있는 올곧고 검소한 생활 철학과 신앙, 성품을 존경한다. '어떠한 예언자도 자기 고향에서는 환영받지 못한다.'(루4.24)라는 성경 말씀도 있듯이 가족으로부터 존경받기는 쉽지 않다. 언니와 만날 때면 늘 오빠 이야기를 하면서 언니도 오빠를 존경한다며 오빠의 말씀이면 그대로 받아들인다. 한약을 짤 때 꼭 짜면 짤수록 깊고 진한 엑기스가 나오듯이, 시간이 지날수록 진국이 되어 나오는 오빠의 사랑이 나의 삶을 풍요롭게 한다.

몇 년 전 사제서품 50주년(금경축), 주교서품 25주년(은경축)을 넘기신 작은오빠도 이제 82세가 되셨다. 원주교구 1대 교구장 지학순 주교님 후임으로 2대 교구장으로 사도직을 수행하시다가 지금은 은퇴하여 정년퇴임 사제관에 계신다. 그런데 나는 뭐가 그리 바쁜지 마음뿐, 자주 전화를 드리거나 잘 찾아뵙지도 못한다.

내가 70대 할머니가 되어도 오빠와 언니에겐 여전히 철없는 막내다. 그 앞에선 마냥 어린애가 된다. 아주 사소한 작은 일이라도 나에게 좋은 일이 생기면 몇 배로 더 기뻐하며 대견해하신다. 내가 가장 힘든 고비를 넘길 때도 누구보다 더 마음 아파하며 버팀목이 되어 주셨다. 침묵 중에 격려의 눈빛, 자비의 표정에서 위로를 받고 큰 용기를 얻는다. 오빠가 계신다는 존재만으로도 힘의 원천이 되고, 삶을 지탱하도록 이끌어주신다. 이런 오빠에게 나는 부모님께 아무것도 해드리지 못한 철없는 막내였듯이 아무것도 해드린 게 없다.

결혼 전 어릴 때부터 기관지가 약했던 내가 기관지 확장증이 악화되어 병원에 입원하고, 퇴원했다가 다시 입원하기를 거듭하다가 회복기에 이르렀을 때이다. 마침 오빠가 로마에서 공부를 마치고 사제서품을 받은 뒤 귀국하셨다. 첫 부임지로 강원도 영월 상동 본당에 주임사제로 가셨을 때이다. 쉬고 있던 내가 2~3년 남짓 오빠를 도와드리고 있었다. 식성이 까다롭지 않고 소탈하셔서 특별한 요리나 반찬도 필요 없었다. 따라서 식사 준비하는 것도 그리 힘들지 않았다. 아침 식사는 빵 한쪽과 커피, 아니면 라면 반 개에 소면 몇 가닥 섞어 끓인 것이다. 그런데도 내가 늦잠을 잘 땐 그 식사 시간마저 맞춰드리지 못할 때가 많았다. 아무리 늦어도 잠자는 나를 깨우거나 늦었다고 언짢은 표정 하나 짓지 않고 묵묵히 기다려주셨나. 그뿐만 아니라 무엇이든 함께 하는 사람들을 편안하게 해주는 오빠의 너그러운 배려와 인내와 사랑은 사소한 일상 안에서 깊이 느낀다. 그때가 유일하게 오빠와 함께 할 수 있었던 나의 시간이었고, 오빠에게 가장 잘해 드릴 기회였는데 지나고 보니 너무나 잘하지 못했다. 아무 거리낌 없이 마음 편히 즐겁게 지내며 나의 건강은 빠르게 회복되었다.

그 뒤, 결혼으로 인해 오빠를 도와드리지 못하게 되었다. 사실 내가 오빠를 도와 드린 게 아니라 오빠의 사랑을 듬뿍 받고 있었다. 지금도 문득문득 그때 잘해드리지 못한 것이 후회된다.

결혼 전, 계단에서 미끄러져 허리를 다쳤다. 조금 안정하면 되리라 생각했는데 끔찍할 수 없었다. 오빠의 빠른 판단으로 택시를 대절하여 서울 성바오로병원에 가서 입원 치료를 받았다. 이때에도 묵묵히 힘이 되어 주셨던 오빠. 나중에 들게 된 사실이지만 오빠의 신속한 조치와 도움이 없었다면, 제대로 치료받지 못하고 불구가 될 수도 있었다. 지금까지 이렇게 멀쩡한 몸으로 살 수 있게 된 것은 평생 갚아도 갚을 수 없는 오빠의 은혜다.

내가 결혼을 하게 되면서 나 대신 오빠를 10여 년 동안 도와드렸던 친구가 있다. 지금도 가끔 통화를 하며 그때마다 오빠의 이야기를 한다. 아무리 성직자라고 해도 주교님처럼 변함없이 오로지 주님의 빛만 따라 성직의 길을 걸어가시는 분도 없다며, 세상에서 가장 존경한다고 했다. 세상의 명예나 욕심도 없고 가식 없이, 주위의 어떤 것에도 흔들리지 않고 내면의 깊은 영으로 사시는 분이란다. 얼마나 배려심이 크고 사랑이 많으신지, 10여 년 함께 하는 동안 한 번도 불편함이나 마음 상한 일이 없었단다. 은근히 까다로운 자기 성격에 쉽지 않은 일이라고 했다. 일상생활 속에서 주교님처럼 검소하고 흩어짐 없이 올곧으신 분, 아무리 생각해도 단점은 생각이 안 나고 장점만 생각난다며 웃는다. 그 친구 역시 오빠를 끝까지 도와드리지 못하고 결혼한 것이 후회된다고 하였다.

예수님 시대에 제자들이 예수님을 보고 따르듯이 나는 오빠의 생활철학과 모범을 보며 삶의 참맛을 느낀다. 공사公私가 분명하고, 아닌 건 단호하게 냉철히 끊으시는 분, 그래서 어느 땐 냉정해 보이지만 어질고 지혜로우시다. 표현은 안 하시지만 보기만 해도 가슴 깊숙이 스며드는 따뜻하고 정감 있는 사랑의 눈빛, 사랑은 하는 것이 아니라, 느끼는 것이다. 세상의 명예나 세속적 탐욕이 고개 들고 꿈틀거릴 때마다 주교 오빠를 생각하면 갈등은 금세 사라진다. 천둥벌거숭이 같은 내 삶에 모범이 되는 오빠는 하느님이 내려주신 가장 큰 선물이고 보석이다.

오빠의 좌우명은 '항상 기뻐하라'(데살 전 5.16)이다. 나도 오빠처럼 항상 기쁘게 살려고 노력하며 깊이 감사한다. 오래도록 건강히 곁에 계셨으면 더 이상 바람이 없겠다. 그런 은총 주시길 가슴에 두 손 모은다.

색동옷 입은 활달한 아이
—나의 뒷모습

사람에겐 가시적可視的인 면과 비가시적非可視的인 면이 있다.

보이는 겉모습에서 내가 볼 수 없는 내면의 뒷모습은 "보여주는 것이 아니라 들키는 것"이라 했던가? 자신은 의식할 수 없기에 꾸밈없이 무방비로 노출되는 뒷모습은 고스란히 드러나기 마련이다. 얼굴과 말로는 속일 수 있어도 뒷모습은 속일 수가 없다. 미셸투르니가 쓴 뒷모습이란 책에서 "인간의 진실은 거짓 표정을 지을 수 있는 앞모습이 아니라 뒷모습을 통해 우리는 심층적인 내면에 이를 수 있다"고 하였다. 인격과 영혼의 아름다운 모습은 진정한 아름다움의 겉모습이 아니라 내면에서 나온다는 뜻일 것이다. 보이지 않는 내면이 외면화되는 것이 뒷모습이기에 사람이 떠난 자리를 보면 그 사람을 알 수 있다고 하는 게 아닐까 싶다.

얼마 전 나는 언니와 함께 친정 부모님의 산소를 찾았다. 참으로 오랜만에 둘이서 같이 성묘하고 돌아오는 길에 담소를 나누며 감회가 새로웠다.

'나는 부활이요 생명이니 나를 믿는 자는 영원히 살리라'(요한 11장 25절) 아버지가 생전 직접 쓰신 글씨로 부모님 묘비에 새겨진 성경 말씀이다. 묘비 뒤엔 우리 4남매의 이름도 새겨져 있다. 언니는 부모님이 남기고 걸어가신 뒷모습에 우리가 고스란히 담겨있다며 외국에서는 본인이 남기고 싶은 말을 묘비에 쓰는 사례가 많다고 했다. 내가 언니도 묘비에 남기고 싶은 말이 있느냐고 물었다. 언니는 고등학교 졸업 앨범에 써놓은 "희생은 삶의 가치다"라며 그것이 본인의 좌우명이기도 하단다. 언니의 성품이 담긴 말이지만 희생과 사랑으로 살다 가신 부모님의 영향도 컸으리라. 희생 속에 피어난 꽃향기다. 우린 서로가 무언 속에 흐르는 깊은 교감으로 보고 싶고 그리운 부모님의 정서를 살아계신 듯 느끼며, 내가 따라가야 할 나의 뒷모습을 잠시 생각해 보았다. 문득 '가야 할 때가 언제인가를 알고 가는 이의 뒷모습은 얼마나 아름다운가'(이형기의 낙화 중에서)라는 시구詩句를 떠올리며 허둥지둥 바삐 살아온 나의 삶 속에서 많은 인연들과의 만남과 헤어짐, 그 안에 여운이 남는 뒷모습도 있지만 다시 보고 싶지 않은 누군가에겐 진정 다시 안 볼 사람처럼 돌아서진 않았을까? 그 속에 비친 나의 뒷모습을 보는 시선엔 무엇이 담겨 있을까, 궁금해졌다.

"언니, 언니가 보는 나의 뒷모습은 어때?"

"너는 기쁨과 밝음을 선사하는 색동옷 입은 활달한 아이 같은 모습이야."

"ㅎㅎ 왜?"

"그건 네가 여러 가지의 색깔과 향기 있는 한 아름의 꽃다발과 같아서이지. 어떤 색깔의 누구와도 어울릴 수 있고, 또한 아낌없는 숨결이 피워내는 늘 푸르름이 있어서 젊음이 용트림하듯 활기가 넘치기 때문이지."

"후훗, 크게 하는 일도 없이 허둥지둥 뛰어다니는 뒷모습을 너무 예쁘게만 봐주는 게 아니야?"라고 반문하자 그 말이 진심이고 또 사실이 그렇지 않으냐고 하였다.

늘 현재이고 싶어서 거절도 못 하고 지치는 것도 모르며, 기쁨이 되고 에너지가 되는 아이, 뭐든 하고 싶어 하고 새로움에 대한 호기심 많은 〈색동옷 입은 활달한 아이〉, —본인이 기쁘기만 한 것이 아니라 순수함을 자아내는, 다른 사람에게 기쁨을 주는 뒷모습이란다. —무엇을 하든 곱게만 보이는 막냇동생에 대한 애정이리라. 그래도 싫지 않은 칭찬 같아서 기분이 좋다. 그리고 좋은 것은 좋은 뜻 그대로 감사히 받아들이면 그대로 나의 것이 된다고 하지 않던가!

시대가 변하고 가치관이 혼란스러운 때 자기의 삶을 글로 표현하고 그림으로 표현하고… 앞을 향한, 목표를 향해 가는 뒷모습이 아름다운 것은 무언가를 추구하면서 가기 때문이다. 여유로움이 스며있는 아름다움이다. 나는 솔직히 그런 바람의 삶을 살고 싶었고, 그리 기쁘게 살다 가고 싶다. 그렇게 머문 시간의 흐름 안에서 누군가에게 얼굴은 잊혀져 기억하지 못해도, 따스한 손길이 느껴지는 뒷모습이 아름다운 사람으로 기억되면 좋겠다. 따라서 언니의 말대로 나의 뒷모습을 보는 이들에게 작은 기쁨과 에너지가 된다면 얼마나 좋을까.

나는 아직도 철이 없어 보여서일까? 지인들에게 아이 같다는 말을 익히 들어왔고 '아희兒姬'라는 아호까지 지어주신 님도 있지만 막내인 나는 할머니가 되어도 늘 아이처럼 비춰지나 보다. 아이는 잘못해도 밉지 않고 그냥 뛰어놀기만 해도 즐겁고 예뻐 보인다. 그래서 좋다. 문학이 아닌 화가로 활동할 때 사용하는 또 다른 나의 호는 '가원佳園'이다. 이에 어울릴 듯(?)한 생각으로 나는 묘비에 〈아름다운 동산에서 기쁨을 피워내다〉라고 쓰면 어떨까? 하고 미소 지었다.

일본의 서예가이자 시인인 아이다 마쓰오가 새긴 말에서 '바른 깨달음으로 참삶의 지혜를 얻고자 뒷모습을 볼 수 있는 지혜가 필요하다'고 했듯이 나 역시 정신없이 걸어온 분주한 일상에서 한 번쯤 나의 뒷모습을 생각하고 되돌아보며 정리해 보는 시간이 필요한 것 같다.

치과 가는 날

빵 한 조각, 두유 한 개, 과일 몇 쪽을 가방에 챙겨 넣는다. 치과 가는 것이 즐거운 일도 아니고 소풍 가는 것도 아닌데 무슨 먹거리를 챙길까 생각한다. 그것은 언니를 치과에서 만날 수 있는 날이기 때문이다. 나에겐 하나밖에 없는 엄마 같은 언니다. 어떤 상황이든 긍정적이며 남을 배려하는 이해심과 사랑, 배울 점이 많은 언니는 어릴 때부터 나의 모델이었다. 수도자이지만 다방면으로 못 하는 게 없고, 힘이 되어주는 든든한 언니가 늘 자랑스럽고 나도 언니처럼 되고 싶었다.

내가 가장 편히 속마음 터놓고 대화할 수 있는 언니를 만나면 마냥 즐겁고 행복하다. 자주 만나고 싶어도 수도자인 언니가 따로 시간을 내거나 내가 시간을 내어 찾아가 만나는 것이 교통편이나 시간상 여건이 쉽지 않다. 더구나 요즘 같은 코로나 시기엔 더욱 그렇다. 그래서 잠깐 얼굴이라도 보고 싶어 언니의 치과 치료가 있는 날짜와 앞뒤 시간을 맞추어 나도 따라 거리가 멀어도 치과 예약을 한 것이다. 치과 치료를 받으니 마땅히 식사하기도 그렇고, 짬이 나면 조용히 차 한

잔 나누며 요기할 수 있을까 싶어서이다. 차 마시는 것도 여의치 않을 땐 오가며 같은 구간의 전철 안에서 만나 가면서 이야기 나누다가 헤어진다. 어느 땐 환승해야 할 역을 지나쳐 다시 돌아오기도 한다. 그것만으로도 반갑고 즐겁고 감사한 시간이다.

어릴 때부터 가장 가기 싫어했던 병원이 치과다. 치료할 때 아픈 것보다도 드르륵드르륵 기계 소리가 더욱 듣기 싫다. 치료비도 만만치 않다. 그래서 웬만하면 참고 많이 아파야 찾는 곳이 치과다. 어떤 병이든 치료는 미루지 말고 일찍 받아야 하지만 미룰수록 더욱더 손해라는 것이 치과 치료다. 나는 선천적으로 이가 튼튼하지 않은 것도 있지만 치과가 무서워 치료를 잘 받지 않고 치아 관리를 게을리한 탓인지 오래전에 어금니가 모두 상했다. 그래서 네 곳을 모두 빼고, 때우고 씌웠다. 그래도 좋은 세상 만나 임플란트도 하고…비싼 치료 받으며 잘 씹어 먹고 건강히 산다. 그러면서 이렇게 언니도 만나고, 치과에 다닐 때마다 한편으론 어머니가 생각난다.

옛날엔 의술이 지금처럼 좋지도 않았지만, 어지간히 아프지 않으면 치료비가 비싼 치과를 찾기보다는 진통제 몇 알로 통증을 가라앉히곤 했다. 어려운 형편에 치료가 필요하면 값싼 야매 의사를 찾아가기도 한다. 어머니가 50대 중반쯤 되셨을까? 이가 아프시다며 지인의 소개로 치료비가 싸다는 야매 의사를 찾으셨다. 앞니인지 어금니인지 정확히 모르지만 (지금 생각하면 치과에 가셔서 제대로 신경치료하고 때우거나 씌우면 될 것을.) 그 야매 의사는 어머니에게 싸게 해준다며 틀니를 하라고 하였단다. 기술이 부족해서였는지 아니면 쉽게 일하기 편해서였는지 모르겠다. 치아 몇 개가 상했는지 부분 틀니도 할 수 있었을 텐데 아래위 전체 틀니를 하라고 권했다. 어머니는 더 이상 이앓이를 하지 않아도 되고, 싸게 잘해주겠다는 의사의 말을 믿고 따랐다. 그리고 무조건 아래, 윗니를 멀쩡한 치아까지 한꺼번에 모두 빼셨다. 그것도 빨리해준다며 단 며칠 만에 말이다. 워낙 인내심이 강하고 아픈 걸 잘 참으시는 어머니라 견뎌 내셨지만 생각하면 아찔하다. 요즘 같으면 이 한 개를 치료받아도 며칠씩 걸리고, 몇 달도 걸리는데 잘못했으면 큰일 날 뻔한 일이다. 그리고 임시로 끼는 의치도 없이 지내시며 잇몸이 다 가라앉기도 전 한 달 만에 틀니를 만들어 끼셨다. 그 뒤 틀니가 잘 맞지 않아 잇몸이 자주 붓고 아파서 불편해하셨다. 음식을 씹을 때도 달가닥거리는 틀니로 잘 씹지도 못하고 맛도 잘 모르겠다고 하셨다. 그래도 의사에게 틀니를 다시 해 달라거나 불평 한 번 안 하셨다. 가끔 어른들끼리 나누던 이야기 중에 이를 한꺼번에 빼고 많이 힘들었다고, 틀니라서 씹기가 불편해 잘 못 먹겠다고 하시던 말씀을 스치듯 들었다. 그럴 때 나는 틀니니까 그냥 그런가보다 하고 어머니의 불편을 애처롭게 피부로 느끼지 못했다. 참 바보다. 그렇게 평생을 사시고 68세에 돌아가셨다. 얼마나 힘드셨을까! 지병도 있고 잘 잡숫지 못해 더 일찍 돌아가신 것만 같아 마음이 아프다.

1~2주에 한 번씩, 어느 땐 3개월 간격으로 1년 가까이 치과에 다니며 잇몸 치료도 받고 임플란트도 하였다. 그동안 여러 차례 언니를 만

나 치료를 같이 받다보니 혼자 치료 받는 날은 뭔가 잊어버린 듯 허전하다. 그렇게 만나도 나의 주변머리가 맛있는 밥 한번 같이 못 먹는다. 밥 먹을 여유가 없어서가 아니다. 치과 치료를 받은 뒤라서 그렇기도 하지만 그건 하나의 구실이고 핑계다. 가장 큰 이유는 길치인 언니와 내가 가까이 눈에 띄거나 잘 아는 곳이 아니면 조용하고 마땅한 맛집을 찾아다니지 못한다. 갔던 곳이나 아는 곳도 누가 함께 가지 않으면 잘 못 찾는다. 넉넉지도 않은 시간에 공연히 찾아 헤매다가 시간만 허비하고 말기 때문이다. 먹는 것보다는 함께 한다는 것이 소중하니까. 기껏해야 전철역 부근 커피점에서 간단히 차 한 잔에 빵 한 조각 정도다. 거기에 준비한 과일이라도 한 조각 있으면 곁들이고 푸짐한 성찬인 듯 만족해하며 즐거워한다. 그것도 시간이 여의치 않으면 오가는 전철 안에서의 데이트가 전부다. 옆에 앉아서 같이 가기만 해도 소풍 가는 어린아이처럼 마주 보고 좋아한다.

"이런 데이트도 우리 몇 번이나 더 할까?"

"그러게."

경로석에 앉은 75세와 80세 할머니의 대화다. 어느새 이리되었는지 나이를 먹는 언니가 아깝고 마음처럼 늘 그대로 내 곁에 있었으면 좋겠다.

'엄마 대신 치료 잘 받고 잘 먹고 건강히 오래 살아' 가만히 언니의 손을 잡으며 엄마도 불러 앉혀본다.

가장 활기찼던 내 삶의 그 하루

2020년, 또 한 해가 저물어간다. 올해는 연초부터 코로나로 인해 전 세계, 온 나라가 힘든 시기를 보내고 있다. 나 역시 예외는 아니다. 한 하늘 아래 한 땅을 밟고 살아 있음이다.

모든 것이 단절되고 침체한 상태에서 개인적으로도 뜻하지 않은 일들로 작은 오해가 바이러스처럼 번져와 나를 더욱 힘들게 했다. 기대하면 기대한 만큼 실망도 크기에 인간의 본능적인 모든 욕망을 내려놓고 마음을 비우기로 했다. 한 울타리 안에서 10여 년을 함께 해온 한 단체 인연의 고리를 풀었다. 사랑은 관심이다. 무관심은 미움보다 더 아프다. 산책길을 걸으며 높고 단단한 벽을 타고 오르는 담장이 넝쿨을 바라보았다. 삶은 고통보다 아름답고 숭고하다. 나도 아픈 고비를 잘 넘길 수 있기를 '나에게 힘을 주시는 분 안에서 나는 모든 것을 할 수 있습니다'(필립4,13) 내가 가장 좋아하는 성경의 한 구절을 뇌이며 묵상했다. 진정한 마음의 평화와 참된 기쁨은 주님 안에 있고 행복은 내 마음 안에 있다. 마음의 평정을 찾고 어둠의 긴 터널을 빠져

나오는 듯 가을의 문턱에서 뜻하지 않던 '제48회 한정동 아동문학상' 수상자로 선정되었다는 통보를 받았다. 아, 주님은 이렇게 또 나에게 위로를 주시는구나!

2014년 그때도 그랬다. 깊은 슬럼프에 빠져 의욕을 잃고 글쓰기마저 포기하고픈 자신과 싸움하고 있을 때 '제6회 천강문학상' 공모를 알게 되었다. 마음을 비우고 즐기며 살자는 내 마음속에 실수나 실패는 있을 수 있지만 도전해 보려는 노력조차 하지 않고 포기란 있을 수도 없고 용서가 안 된다. 그래서 다시 일어설 용기와 힘을 달라는 기도와 간절함으로 응모했다. 그해 아동문학부문 응모자 233명에 작품 1406편. 그중에 예심을 거쳐 본심에서 3명만 뽑는다니… 나에게 가능성은 거의 없다고 마음을 접은 채 잊고 있었는데 당선 통보를 받았다. 아픔 가운데 일어선 홀로서기 성취감, 심장이 팔짝팔짝 뛰었다. 아니 하늘을 날고 있었다. 토스토에프스키는 "고통이 없다면 무엇으로 만족을 얻겠는가?"라고 했다. 태풍 뒤에 찾아오는 고요가 있고 맑게 씻긴 자연을 만날 수 있듯이 무척 힘들었을 때 안겨준 기쁨으로 가장 활기찼던 내 삶의 하루였다. '밤이 깊어야 새벽이 오고 십자가의 고통과 죽음이 있어야 부활의 기쁨을 누릴 수 있다'는 진리를 새삼 깨달으며 감사했다.

꿈은 날개가 있다

글쓰기와 함께 늘 하고 싶었던 것이 그림그리기였고, 묵향이 좋아서 문인화를 뒤늦게 취미로 시작했다. 학창 시절엔 그림을 그리라는 미술 선생님의 권유도 있었지만, 미술은 경제적 부담이 크다는 이유로 마음을 접었었다.

30대 중반, 아주 짧은 기간이었지만 처음으로 묵향이 물씬 풍기는 수묵 담채의 매력에 빠져들던 때가 있었다. 삶에 지치고 마음이 울적할 때면 젊음이 살아 숨 쉬는 대학로나 인사동 전시장, 화랑 근처를 기웃거렸다. 그 당시 명륜동 성대 입구 쪽 길가에는 크고 작은 화랑들이 즐비해 있었다. 관심이 있는 곳에 발길이 머문다고 했던가, 어느 화랑 출입구에 붙은 '동양화, 서예 개인지도'라는 쪽지가 눈에 들어왔다. 나 자신만을 위해 할애할 시간적, 경제적 여유가 없었기에, 무엇을 배울 수 있는 처지도 아니면서 괜히 가슴이 뛰었다. 그래도 때로는 그림이 좋아서 눈요기를 위해 한 번씩 화랑 문을 밀치고 들어갔다. 서예 교실과 화실을 겸한 그곳에서 먹을 갈며 풍겨 나오는 묵향이 그렇게 좋을 수가 없었다.

생활에 보탬이 될까 잠시 알바 하던 그곳에서 하루는 동양화 선생님이 그림을 배우고 싶어 하는 내게 말했다. 일을 조금씩 도와주면서 화선지만 사 오면 그냥 가르쳐 주겠다며 쓰시던 붓까지 몇 개를 챙겨 주셨다. 뛸 듯이 기뻤고 천지를 다 얻은 것 같았다. 그러나 한 달쯤 지나 어렵게 얻은 그 좋은 기회를 놓치고 말았다. 아직 뒷바라지가 한창 필요한 어린 세 아이의 어미가 매일 몇 시간씩 집을 비울 수 있는 상황이 아니었다. 무엇보다도 허락과 도움이 필요한 남편의 제지가 있었다. 무척 속상하고 아쉬웠지만, 가정의 평화를 위해 나를 포기해야만 했다. 그렇게 꿈같은 현실은 이루지 못한 첫사랑을 그리워하듯 먹빛을 가슴에 품고 20여 년이 흘렀다.

반백 넘어 다시 그리움처럼 늘 내 곁을 맴돌던 묵향을 따라나섰다. 나 자신을 추스르기 위해 글을 썼고, 마음 텃밭을 가꾸기 위해 돌을 고르듯 붓을 들었다. 어떤 결과보다는 과정을 즐기면서 마음을 가다듬고, 묵향에 취해 작은 기쁨을 느끼곤 하였다. 그렇게 쉬엄쉬엄 10여 년 습작하면서 그동안 단체 회원 전시는 해 왔지만 개인전은 한 번도 하지 못했다. 그래서 고희를 맞는 해에는 부족함이 있더라도 내 생의 한 단락을 정리해 보는 의미로 한 번쯤 개인 전시회를 열고 싶은 소망이 있었다. 그러나 여러 가지 여건이 여의치 않아 마음을 접고 있는 터였다. 세상일이란 모든 것이 사람의 계획대로만 이뤄지는 것은 아니다.

마침 〈문학의 집 서울〉에서 기획전시를 하게 되었다 나에겐 생각지 않았던 뜻밖의 일이다. 여러 시인이 취미로 각자 소장하고 있던 애장품이나 작품을 함께 전시하는 것이라니 큰 부담 없이 내게 주어지는 기회와 작은 공간을 감사히 받아들여 참여하기로 결정한 것이다. 이에 따라 그동안 문인협회 회원 시화전 때 출품했던 시화 작품 몇 점과 여름이면 조금씩 그려보았던 소량의 부채 작품을 가볍게 내놓았다. 그리고 내친김에 가능하면 이곳에서 개인전도 한번 해보라는 희망적인 권유까지…

이젠 아차 하면 떨어져 뭉그러질 홍시 같은 내 인생의 감나무 가지 끝에 귀를 솔깃하게 하는 한마디가 맑은 오월 하늘 한 줄기 햇살처럼 내려앉는다. 사람의 일이란 한 치 앞을 내다볼 수 없지만, 기회가 허락된다면… 실핏줄 같은 피돌기가 가슴 뛰듯 꿈틀댄다. 나의 예능 세포가 아직 살아있었구나! 마음을 접었던 꿈의 보이지 않는 날개가 다시 펴질 듯 봉긋 솟는다.

다음 해 더위가 한창인 7월, 처음이자 마지막이 될지도 모를 첫 개인전의 날개를 펼쳤다. 전시실을 찾는 모든 님들의 발걸음에 잠시나마 더위를 식혀 줄 수 있는 쉼이 되고, 즐거움이 되었으면 좋겠다는 마음으로.

4부 사랑의 밀알

사랑의 밀알
—나눔을 알게 하소서

TV에서 남을 위해 화상을 입고 미라처럼 누워 있는 한 청년을 보았다.

식당에서 알바하며 일하다가 큰 화를 막기 위해 쓰러지는 불화로를 끌어안고 변을 당한 청년이다. 그가 아니었으면 화제로 이어지거나 여러 사람이 다칠 뻔한 사고를 자기 한 몸으로 막아낸 것이다. 그를 위해 기도하며 사랑의 밀알을 가슴에 담아본다.

푸른 하늘 대신 파리한 형광 불빛 아래
초점 잃은 두 눈을 응시한 채
온몸 휘감긴 하얀 붕대 속 서글픈 소리
가슴 막혀 홀로 우는 젊음이여!
그는 처음부터
눈물짓는 것으로 시작하지 않았느니……

삶이 불행하고 감당하기 힘겨운 시련일지라도
긍정적인 의미를 깨닫고
마음다짐 굳게 하며 기쁘게 일어섰던 열정의 소년
사랑과 희망으로 바람 거센 삶의 언덕에서
불화로 끌어안고 숯불덩이 되어
낙엽처럼 뒹굴며 꺾인 날개
청운의 꿈 무너져 내리던 날

속살까지 뜨거움 번져
생과 사를 넘나드는 순간에도
자신보다 남을 더 생각하던,
서럽도록 아름답고 선한 어리석음을
값지게 만드신 귀한 생명

오! 사랑이여!
비처럼 내리거라
물결처럼 흐르거라
어둠 속 달빛처럼 머물러라
별빛처럼 흐르거라
나눌수록 많아지고 커지는
사랑의 밀알

투명한 햇빛 가루처럼 쏟아지거라
하여
고뇌와 슬픔, 실망과 좌절이,
눈앞에 절망이
새로운 인생의 빛이 되고
고통의 심연 속에서도 행복을 창조하는
용감한 젊은이 되도록 도우시라

님이여!
나눔을 알게 하소서
나눔으로 잃지 않고 풍요로워짐을 깨닫는
깊은 울림 속에
겨울나무 표피처럼
새 생명 터트릴 용기와 희망을
그의 가슴에 심어주소서.

영혼의 요요 현상

4박 5일의 일정으로 피정을 떠나는 날이다.

입추도 지나고, 이젠 더위가 한풀 꺾여 선선한 가을을 맞이하게 된다고 하는 처서이지만 아직은 더위가 사라지지 않은 장마철이라 후덥지근하다.

오늘도 아침부터 비가 추적추적 내린다.

〈몸 살림, 마음 살림을 위한 효소단식, 침묵, 복음서 통독 피정〉

사실은 딸아이와 함께 가려고 지난봄에 신청해 놓았던 것이다.

오랜 유학 생활을 마치고 몇 달 전에 귀국한 딸아이의 몸이 너무 많이 불어있었다. 육체적 정신적 쉼이 필요할 것 같은 딸아이를 위해 효소단식 피정이 유익할 것 같아 함께 가려고 했다. 그러나 활동하는 딸아이의 일정이 맞지 않아 미루게 되었고, 이번 차에도 시간이 여의치 않아 할 수 없이 더 미룰 수 없어 나 혼자 떠나기로 하였다.

스트레스가 만병의 근원임을 새삼 실감한다. 쓸데없이 걱정만 한다고 해서 아무것도 할 수 없는 인간의 능력만으로는 될 일이 아닌데…
나도 몇 달 동안 스트레스와 불면증에 시달리며 몸과 마음이 많이 지쳐있었다.

어젯밤도 밤새 뒤척이다 꼬박 날밤을 새워 온몸이 찌뿌둥하고 머리가 몹시 무겁다. 손가락 하나 꼼짝도 하기 싫어 피정이 아닌 다른 일이라면 포기하고도 싶었지만 '아플수록 가야지' 서둘러 준비했다. 세상에 둘째가라면 서러울 만큼 완전 길치가 초행길인 대전 정하상 교육 회관을 제대로 찾아갈 수는 있을까 가족들의 염려를 뒤로하며 내비게이션을 의지하고 길을 나섰다.

뿌연 안개처럼 우울한 내 마음을 대신하듯 부슬부슬 내리는 빗속을 헤치며 목적지에 도착하였다. 도심을 벗어난 한적한 곳의 신선한 공기가 복잡하고 무거운 머리를 다소 정화하듯 코끝을 상큼하게 자극했다

접수를 마치고 4박 5일의 일정표와 프로그램 안내 책자를 받아보니 성 알폰소 성인의 말씀이 가장 먼저 눈에 들어왔다.

"온전한 마음으로 들어오라/ 홀로 머물러라/ 다른 사람이 되어 나가라"

나는 과연 그럴 수 있을까? 자문하며 피정에 임했다.

이번 피정의 주제는 〈비움과 충만〉—주된 목적이 '몸의 비움을 통해 마음이 하느님의 말씀으로 충만해지기 위하여'이다.

첫날, 첫 강의 때 신부님 말씀이 하느님의 말씀을 밤낮으로 되새기는 사람, 강아지가 뼈가 좋아서 으르렁거리듯 '하가'의 마음을 가지란다.

몸은 일상에서 벗어나 떠나왔지만, 마음은 모든 근심 걱정을 짊어지고 와서 쉽게 내려놓지 못했다. 그 때문에 물리적인 단식이나 외적 침묵은 그리 어렵지 않으나 진정한 비움을 위해 마음을 하나로 모으는 내적 침묵인 집중과 몰입이 잘되지 않았다.

그래도 하루 이틀 지나며 점점 힘겹게 느껴질 줄 알았던 몸이 단식과 더불어 등산이나 산책 같은 운동으로 오히려 더 가벼워짐을 느꼈다. 따라서 강의 시간마다 거듭되는 비움과 채움이라는 주제로 일상생활과 연결되는 신부님 말씀을 들으면서 마음도 가벼워졌다. 조용히 독방을 쓰며 자유롭게 그날그날 주어지는 복음서 통독으로 잔잔한 기쁨도 맛볼 수 있었다.

어느 유명한 가수나 연주자보다도 더 멋져 보이는, 기타를 치며 '비움의 원리와 채움의 원리'를 강의하시는 신부님의 모습에서도 참 기쁨, 진정한 의미의 〈비움과 충만〉을 엿볼 수 있었다

'사람은 그릇과 같다' 그래서 '더 좋은 것을 채우기 위해 비워야 하고, 싫어서 비우는 것이 아니라 기쁜 마음으로 비워야 집착을 버릴 수 있다. 채울 것을 바라보지 못하면 비움도 스트레스다'라는 말씀이 뭉클 가슴에 와닿는다.

산책길에서 높고 단단한 시멘트벽을 타고 오르는 담장이 넝쿨을 바라본다.

"어려움을 없이 해 달라는 것이 아니라 뛰어넘을 힘과 용기를 빈다"는 최민순 신부님의 시구詩句도 떠올려 본다. 딸아이에게도 조용히 꼭 들려주고 싶은 시다.

예수님//험한 산이 옮겨지기를 기도하지 않습니다/다만 저에게 험한 고갯길을 올라갈 수 있도록 힘을 주소서// 예수님/오늘도 제가 가는 길에서/부딪치는 돌이 저절로 굴러가기를 원치 않아요/그 넘어지게 하는 돌을 오히려/발판으로 만들어 가게 하소서// 예수님/오늘도 제가 가는 길에서/넓고 편편한 그런 길들을 바라지 않습니다/다만 좁고 좁은 험한 길이라도/주와 함께 가도록 믿음 주소서.

—예수님의 〈오늘 나의 길〉에서

단순히 닥친 일이 어렵고 힘들어서 몸에 병이 나는 것이 아니라 마음이 병들어 몸이 더 아픈 것이다.

마지막 날이다. 몸 살림, 마음 살림을 위한 4박 5일은 불필요한 것으로 채워져 힘들어하고 지쳐있던 자신을 돌아보는 참으로 소중한 시간이었다.

진정한 비움으로 몸과 마음의 군살을 빼고 하느님 사랑과 말씀만이 그 비워진 곳을 채울 수 있는 충만함이란 걸 새삼 깨닫는다.

건강을 위해 단식으로 다이어트를 하고 나서 좋아진 몸을 잘 관리

하지 않으면 요요현상이 일어나듯이, 마음도 비우고 돌아서서 좋은 것을 채우지 못하고 나쁜 것으로 채우면 더 나빠지는 〈영혼의 요요 현상〉이 일어난다는 말씀이 귓가에 맴돈다(루가 11. 24~26)

"사람에게는 불가능한 것이라도 하느님께는 가능하다"(루가 18.27)

마음을 비우고 말씀을 가슴에 새기며 비 개인 뒤 맑은 하늘처럼 머릿속 뿌연 안개를 걷어낸다. 그리고 〈영혼의 요요 현상〉이 일어나지 않도록 조심하고 노력하자고 다짐해 보며 돌아오는 발걸음이 한결 가벼웠다.

나의 묵주 이야기

'묵주 기도'하면 어릴 때 기억을 잊을 수 없다. 잠결에 속삭이듯 들리던 기도 소리에 살며시 눈을 떠보면 늘 묵주 기도를 하고 계시던 부모님의 모습, 반질반질하게 닳은 나무 묵주가 무척 좋아 보였다. 나도 따라서 기도보다는 묵주가 윤이 나길 바라며 묵주 알을 바삐 굴리기도 했다. 예수님의 일생이 담긴 묵주기도에는 우리들 삶의 희로애락이 다 담겨 있고 부모님의 삶도 느껴진다. 그래서 묵주 기도의 신비를 묵상하면 때로는 부모님이 내 곁에 계시면서 그 신앙이 내게 스며들고 있다는 느낌으로 일상에서 힘을 얻곤 한다. 아직도 기도는 잘하지 못해도 부모님의 신앙을 닮으려고 버릇처럼 곳곳에 묵주를 놔두고, 요즘 유행하는 팔지 묵주와 묵주 반지도 끼고, 가방마다 주머니마다 묵주를 넣고 다닌다. 그리고 눈에 보이거나 가깝게 손에 쥐어질 때 감각적으로 편안함을 느낀다. 묵주 9일 기도를 절실한 마음으로 바치면 꼭 들어주신다는 말을 믿고 있지만 나는 어떤 형식을 따라 시간을 따로 정해 촛불을 켜놓고 차분히 앉아 기도하는 체질이 못 된다. 그냥 시간, 장소, 때를 가리지 않고 생각날 때마다 손가락을 꼽으며 기도하다가 마치지 못할 때도 많고, 몇 번을 끊었다가 다시 이어서 바치기도 한다. 이런 부끄러운 일상에서 나는 얼마 전 성모님의 도우심을 가슴 깊이 실감하는 특별한 체험을 하였다.

나는 늦깎이로 시작한 문단 생활 10여 년의 어설픈 글쟁이이다. 누가 하라고 시켜서 하는 건 아니지만 때로는 글이 잘 안 써지거나 회의를 느낄 땐 의욕을 잃고 슬럼프에 빠지기도 한다. 이럴 때 나의 삶을 동반해주고 있는 묵주 기도로 영감을 얻기도 하고 위안을 받는다. 흔히 맘이 편하고 즐거울 땐 엄마를 찾지 않던 자식들도 아프거나 힘들고 어려운 일이 있을 땐 엄마를 자주 부르고 찾는다. 나 역시 그렇다. 어미로서 당장 내가 도와야 할 문제도 있고... 모든 걸 포기하고 싶을 만큼 정신적으로 무척 힘들고 몸도 지쳐있을 때 한 가닥 나에게 떠오르는 부모님의 묵주 기도 ―간절함이 있으면 들어주신다는 성모님의 손길이 있었다. 9일 기도 중 특히 빛의 신비 2단 ―가나의 첫 기적을 묵상하면서 가슴 뭉클하게 와닿는 느낌이 있었다. 그 순간만큼은 성모님께 절실한 마음으로 빌었다. 때가 되지 않았어도 당신의 부탁으로 기적을 이루신 예수님께 전구해 달라고…

때마침 나의 능력만으로는 이룰 수 없는 그 기도를 들어주셨다. 작품으로 인정받고 약간의 부상으로 어미 노릇도 하고, 용기를 주신 글쟁이로서의 큰 기쁨을 나에게 안겨 주셨다. 가슴이 뛰었고 내겐 기적 같은 은혜로움이었다. 참으로 감사했다.

내 침대 머리맡엔 밤톨만 한 묵주 알의 1단짜리 나무 묵주가 제법 반들거리며 늘 나를 기다린다. 기도를 많이, 잘해서가 아니라 나의 삶을 동반해 주는 묵주를 손에 들 때 성모님이 예수님의 구원역사에 동반하신 것처럼 주님 안에 평안과 위로를 받기 때문이다. 자주 불면증에 시달리는 나는 묵주만 들면 수면제처럼 기도하다가 잠이 들곤 한다. 묵주 기도는 장미꽃을 한 송이씩 정성껏 봉헌하는 것이지만 마음처럼 제대로 된 장미꽃을 피워드리지 못해 죄송스럽다. 그래도 늘 성모님과 함께하는 마음으로 장미 꽃내음 맡으며 잠들 것이다. 부족함도 어여삐 보아주시리라 믿기에…

대와 데

'마음대로 해'

우리가 흔히 마음대로 하라고 하면 아무런 구속도 받지 않는 완전한 자유를 느낀다. 그러나 때로는 홀가분한 자유로움보다는 더 불편한 마음일 때가 있다. 무언가 하고 싶은 것을 하려고 부모나 혹은 배우자에게 허락을 받고 동의를 얻고 싶어 물었을 때 '마음대로 해'라는 말을 듣기도 한다. 그럴 때 그 속에는 허락한다는 긍정과 허락하고 싶지 않다는 부정의 의미가 내포되어 있다.

친구들과 여행을 떠나고 싶은데 보수적인 남편이 좀처럼 허락하지 않아 설득하다가 언짢은 표정과 언사로 "마음대로 해"라고 하면 어떨까 정말로 홀가분하게 마음대로 여행을 떠날 수 있을까? 긍정의 의미로 마음대로 하라고 했다면 몰라도 그렇지 않으면 편안한 자유로움이 아니다. 무언가 불안하다. 마음대로 여행을 떠나고 다녀와서 무난히 넘길 수도 있지만 불완전하다. 뜻하지 않은 불화로 안 좋은 결과를 초래하기 쉽다. 그러나 분명한 의중을 알고 따를 땐 아픔과 자기희생이 따르더라도 불안과 두려움 없이 평화로울 수 있다.

때로는 나도 그림 작업을 하면서 주제나 목적 없이 마음대로 할 때가 있다. 무엇을 그려야 할지, 무엇을 의미하고 그리는 것인지 모른다. 나 자신도 어떤 작품이 나올지 예상을 못 한다. 마음 내키는 대로 선을 긋고 동그라미를 그리고 점을 찍고 아무 색이나 칠하다 보면 어쩌다가 작품이 될 수도 있지만 대부분 망치거나 도중에 멈춰서 그대로 버려두는 경우가 많다. 그러나 어떤 의미를 가지고 무엇을 그릴 것인지 어떤 작품을 만들고 싶은 것인지 분명한 목적이 있으면 그 목적을 향해서 선을 긋든 동그라미를 그리든 점을 찍고 색칠을 한다. 색을 선택할 때도 그 그림에서 나타내고 싶은 의미를 담아 색을 선택하여 칠한다. 그러면 흡족한 작품이 나올 수 있고 최소한 버려지진 않는다.

이처럼 '데'와 '대' 어느 상황이든 내가 하고픈 대로 한다는 것은 같지만 그 차이는 분명하다. 아무 목적 없이 마음 내키는 대로 할 때는 이것이 작품이 될까? 제대로 하고 있는 걸까? 불안하고 그르치는 경우가 많아 황당해한다. 하지만 목적이 있고 주제가 있는 작품을 만들기 위해 마음 가는 데로 할 때는 불안하거나 두려움이 없다. 잘못된 부분을 수정해가며 더 많은 노력과 어려움이 따라도 좋은 작품이 완성될 수 있다는 희망과 기쁨이 있다.

"너희는 위로부터 태어나야 한다. 바람은 불고 싶은 데(곳)로 분다. 영에서 태어난 이도 이와 같다"(요 3,7-8)

요한복음 말씀의 한 구절이다. 익히 들어온 귀에 익은 말씀이지만 어느 신부님의 강론 말씀을 들으며 비로소 '바람은 불고 싶은 대로'가 아니라 '데로'라는 그 말씀의 참뜻을 깨달았다.

'대'는 그냥 마음 내키는 대로 하는 것이기에 어떻게 해야 할지 어디로 튈지 예상할 수 없지만 '데'는 그곳으로라는 목적지가 분명히 있다는 것을 의미한다. 영에서 태어난 이도 이와 같다는 것은 바로 내 마음대로가 아니라 성령이 이끄시는 데로, 우리를 데리고 가고 싶으신 그곳으로 간다는 것이다. 그래서 우리는 성령과 함께 할 때 시련과 어려움이 따르더라도 불안과 두려움이 없이 가장 좋고 선한 그곳으로 갈 수 있다는 것이다. '성령과 함께' 나는 '나에게 힘을 주시는 분 안에서 모든 것을 할 수 있습니다.'(필립4.13)

방황

한 소녀가 길을 가다가 안경 하나를 발견했습니다. 그리고 그 안경을 얼른 집어 가볍게 써 보았습니다. 그 안경 속에 비춰진 세상은 알록달록 매우 신비로웠습니다.

'아! 내가 동경하던 바로 그 세계로구나'

소녀는 그 속에서 새로운 사람을 만났습니다. 그는 아주 멋져 보였고 신선함으로 다가왔습니다. 그는 손을 내밀어 소녀의 손을 잡았습니다. 그 순간 소녀는 곧게 걸어오던 제가 가야 할 길을 잃어버리고 그를 따라갔습니다. 눈에 도수도 맞지 않는 그 색안경을 쓰고 따라갔습니다. 소녀는 뒤뚱거렸습니다. 가다가 돌부리에 치어 발등을 찍히기도 하고 넘어져 무릎을 깨기도 하였습니다. 심할 땐 피도 철철 흘렀습니다. 그러나 새로운 경험을 하며 '피할 수 없으면 즐기라'는 말이 있듯이 그와 함께하는 시간을 즐겼습니다. 남은 길은 그가 재미있게 안내해 줄 것 같아 마음은 모두 그에게로 향했고 그를 믿었습니다. 그래서 오랫동안 가슴 깊숙이 간직했던 비밀스러운 보물 상자의 뚜껑을 열어 그에게 보여주었습니다. 그리고는 가장 귀한 보석을 그에게 주었습니다. 남은 보석들도 하나씩 하나씩 기회 있을 때마다 주곤 하였습니다. 그리고 그녀가 아끼고 소중히 생각했던 것처럼 그에게도 귀한 보석이길 바랐습니다. 그러나 그는 그녀의 보석을 그저 놀이로 즐기는 하나의 장난감인 양 소중히 여기지 않았습니다. 그녀는 안타까웠습니다. 행여 그 보석에 상처가 나지 않을까! 아주 깨져버리는 것은 아닐까! 조바심이 났습니다. 다시 되돌려 달라 말할 수도 없었습니다. 날이 가면 갈수록 여기저기 부딪치며 보석엔 금이 가고 그녀는 더욱 더 허둥거렸습니다.

어느 날, 그녀는 앞이 깜깜했습니다. '빨리 그 안경을 벗어버려라, 그 길은 너의 길이 아니다' 어둠 속에서 한 줄기 빛처럼 들려오는 소리가 있었습니다. 문득 돌아보니 이미 그녀는 그녀가 가야 할 길과는 너무나 먼 거리에 서 있었습니다. 아득히 먼 정반대의 길임을 깨달았습니다. 그냥 갈 수도, 되돌아갈 용기도 없었습니다. 갈 길을 포기하기엔 애써 걸어온 길이 너무나 억울하고 허무했습니다.

'허무로다 허무, 모든 것이 허무로다'(코헬1,2) 마음이 아려왔습니다. 엉엉 울었습니다. 쉽게 벗어버리지 못했던 안경 사이로 눈물이 주르륵 흘러내렸습니다.

'아! 늦었다고 생각할 때가 가장 빠른 때이다, 이제라도 나는 빛을 가리는 이 어둠의 안경을 벗어버려야 한다. 벗어버려야 해' 또, 한 줄기 빛의 소리가 들렸습니다.

‘지혜로운 이의 눈은 제 앞을 보지만 어리석은 자는 어둠 속을 걷는다’ (코헬 2.14)

이미 주어버린 보석의 미련 때문에 그대로 어둠의 길을 걸어갈 수는 없었습니다. 잘못 들어선 길의 방향을 되찾아 다시 걸어가야 합니다. 그녀는 결심했습니다.

‘이제 다시 마음을 비우고 주님 가신 길 따라 떠나야겠습니다’

이 세상 즐거움 부귀영화 그 어떤 것과도 주 예수그리스도와 바꿀 수는 없습니다. (성가61)

나,
그동안
눈이 있어도 보지 못했고
귀가 있어도 듣지 못했습니다.

나이 들어
눈 어둡고 귀 어두워지니
조금씩 보이고 들리옵니다.
이제사
조금씩 눈이 뜨이고
귀가 열리나 봅니다.

눈 뜨고 못 보는

눈 뜬 장님

귀머거리였습니다.

코로나 시기 성탄절을 보내며

어릴 때 보냈던 성탄절이 아스라이 떠오르며 그리워진다.
성탄절이 가까워져 오면 주일학교에서 노래와 춤, 연극 등 성탄 예술제 때 출연할 어린이들을 뽑는다. 우선 소질이 있거나 본인이 하고 싶어 하는 어린이들을 뽑고, 다음 순차적으로 할 수 있을 만한 어린이를 선발한다.
"자기가 하고 싶은 어린이 손들어 봐요"
나도 내심 하고 싶고 뽑히길 원하면서도 부끄러워 선 듯 나서질 못했다. 그래도 선생님께 노래나 무용, 어느 쪽이든 뽑히기만 하면 쑥스러워하면서도 싫다고 하지 않았다.
무용은 한 번도 배워본 적 없지만 뽑히기만 하면 못한다는 소리 안 하고 무조건 따라 했다. 어느 해엔 족두리 쓰고 한삼을 끼고 한국 무용을 하고, 어느 해엔 하늘하늘 나비 같은 발레복을 입고 발레도 해 보았다. 오죽했으랴! 그래도 신나고 설레었다. 한동안 추운 것도 힘든 것도 모르고 즐겁게 연습하며 성탄절을 맞는다. 성탄전야 미사 전에 한껏 들뜬 마음으로 화장을 하고 꾸미고 총연습하고 무대에 선다. 성당 마당엔 크리스마스트리와 입구부터 종탑까지 여러 갈래로 늘어뜨린 줄에 주렁주렁 매달린 등이 화려하게 축제 분위기를 돋우어 마냥 즐거웠다. 고교 시절엔 성가대에서 칸타타 연습으로 한 달 내내 성탄 분위기에 젖는다. 지금은 거리의 캐럴송도 어린 시절 맞이하던 그때의 크리스마스 분위기를 느끼지 못한다. 그래도 코로나가 있기 전에는 거리의 캐럴송도 들리고, 성당에서 주일학교 어린이들이나 청년들이 노래와 춤, 성극 등을 준비했다. 성탄 전야 미사 두세 시간 전에 신자들에게 보여주어 어린 시절 추억을 떠올리게 하곤 하였다. 미사가 끝나면 간단히 국수 잔치를 벌이거나 아니면 따끈한 생강차 한잔에 떡이나 빵을 나누며 나름 성탄절 분위기를 돋우어 주었다. 그런데 요즘은 코로나가 시작되고부터 쓸쓸해진 평상시처럼, 아니 그보다 더하게 느껴질 만큼 조용히 보낸다.

그런 와중에 그래도 오랜만에 기쁜 성탄절을 보냈다. 올해 새 가정을 꾸민 아들 며느리가 온다기에 장을 보고 음식을 만들었다. 힘들어도 힘든 걸 모르고 모든 걸 다 주어도 아깝지 않고 내어주고 싶은 어미 마음이다. 저희끼리 오붓하게 즐기며 보내도 좋기만 할 아이들이 그저 찾아오는 것만으로도 사랑스럽다. 코로나 시기라서 인가? 그 때문만은 아니리라 생각한다. 아무렴 어떠하랴, 차려놓은 음식을 맛있게 먹어주고 즐거워하는 모습을 보기만 해도 기쁘고 행복하다.

부족한 인간인 어미의 마음도 이러한데 나의 하느님 아버지 당신은 어떠신가요. 성모님의 마음도 잠시 묵상해 보았다.

당신을 찾아가 당신이 주시는 맛난 음식을 먹고(성체를 모시고) 말씀을 들으며 행복해할 때 당신도 기뻐하신다는 걸 새삼 가슴 깊이 느껴봅니다. 떠들썩한 사회적 크리스마스보다는 조용히 아기 예수님 당신을 더 깊이 묵상하고 기쁨 느낄 수 있는 성탄절, 외아들 아기 예수님과 함께하신 성모님은 얼마나 더 기뻐하실까요.

사그라지지 않는 코로나 예방, 거리두기로 외적으론 차 한 잔 나눌 수 없는 침체한 분위기가 평상시와 다름없는 성탄절이다. 그러나 조용한 가운데 성탄 예절을 끝내고 가정으로 돌아가 가족끼리 보내며 일상의 소중함을 느끼게 한다. 코로나 시기를 보내며 소홀했던 가족을 돌아보고, 내적으론 주님과 더욱 가까워질 수 있는 시간, 행복한 성탄절이 된 것 같아 감사하다.

숲속 삶의 향기

봄꽃 진자리 초록이 싱그럽게 익어가는 6월,
'자연사랑문학제'에 참가하여 천리포 수목원과 안면도 자연휴양림을 찾았다.

해설자를 따라 천리포수목원 산책길을 돌며 자연 생명 속에서 가장 아름답게 사는 인간 삶의 지혜와 사랑을 보았다. 생명이 깃든 모든 것들이 어우러져 살아갈 수 있도록 배려하는 설립자의 자연사랑 철학이 고스란히 살아 숨 쉰다.

맑은 공기 들어찬 숲길에서 가슴을 활짝 펴 심호흡을 한다. 저마다 다른 농도의 초록이 곱다. 나뭇잎 끝에 매달린 눈빛, 바람 냄새, 풀꽃 향기, 상큼한 공기 맛… 그리고 '누군가에게 받은 사랑은 준 사람에게 돌려주는 것이 아니라 또 다른 누군가에게 돌려주는 것'이라는 해맑은 숲속 침묵의 속삭임을 듣는다.

현재의 보이지 않는 작은 희생과 노력이 놀라운 미래의 큰 꿈을 이루게 한다는 것을, 씨앗으로 심어져 40여 년을 자란 참나무가 우람한 몸으로 조용히 말한다. 측백나뭇과의 상록 침엽수 한 그루가 퍽 인상적이다. 반은 죽어서 앙상한 가지만 드리우고 있어도 푸른 잎을 무성히 달고 있는 반쪽 곁에서 꿋꿋한 삶을 이어가며 또 다른 특유의 멋을 보여주고 있다. 마치 인간의 양면성을 드러내 보여주는 것 같기도 하다. 없으면 좋을 것만 같은 단점도 장점 뒤에서 긍정적인 영향을 받으면 제구실을 톡톡히 하며 뜻밖의 새로운 면모를 보이기도 한다는 걸 깨닫는다. 자연을 아끼던 설립자의 뜻이 담겨있어 존재함이 고맙고 마음 따뜻하게 전해진다. 어쩌면 이 세상엔 없어야 할 가치 없는 존재는 아무것도 없다는 것을 새삼 느껴본다.

나뭇가지가 아래로 뻗어 우산처럼 드리운 '실바티카니사'의 아늑한 공간이 시원하다. 사방이 막힌 어딘가에 갇히면 답답할 텐데 자연 속에선 오히려 닫힌 마음의 문을 열어주듯 부드럽고 넉넉한 어머니의 품처럼 평화롭다. 푸른 피가 흐르듯 초록 품에 안겨 꾸밈없는 대화로 숲속의 평온함을 느낀다.

숲에도 삶의 희로애락이 있음을 본다. 그러나 갈등하지 않는다. 모든 욕심을 내려놓고 서로를 탓하거나 부러워하지 않고 제자리를 지키는 숲의 침묵은 바로 깊은 겸손이다. 숨을 쉬기 위해 뿌리를 땅 위로 돌출시키는 낙우송의 독특한 모습을 보며 삶의 지혜를 깨닫는다. 깊이가 낮은 연못 바닥을 깊게 파기 위한 공사로 고초를 겪으며 죽을 수밖에 없었던 수련이 낙우송의 뿌리 때문에 살아남았다는 이야기는 퍽 감동적이다. 더불어 돕고 어우러져 사는 연못 그늘이 아름다웠다. 바람직한 인간관계의 참모습이기도 하다. 근심 걱정, 질병, 재앙이 없는 나무란 뜻의 '무환자나무'가 그리 살라고 바람의 몸짓으로 말을 건넨다. 이름과는 달리 향긋한 쥐똥나무 꽃향기가 코끝을 잡아당긴다. 낭새섬이 바라보이는 바람의 언덕에서 일상을 벗어난 잠시의 여유로움에 마음이 정화되어 맑은 피가 흐르고 있음을 느낀다.

새벽 비에 영혼을 헹구고 빗물이 스며든 싱그러운 숲 향기를 다시 찾는다. 정겹게 들리는 빗소리가 운치를 더해준다. 자연이 주는 깊은 감동과 감사로 솔 숲길이 기다리는 안면도 자연휴양림으로 향하는 발걸음이 가볍다.

변산에서

2박 3일의 여정에 가슴 설레었다.

변산의 바다, 귀동냥으로는 들었지만 처음 보는 너와의 첫날밤은 얼마나 감미로울까 일렁이는 파도가 지금도 가슴에 와닿는다.

너를 처음 만나는 날의 하늘, 무슨 심술이 그렇게 났을까 잔뜩 투정을 부리다가 울어버리고, 눈물이 채 마르지 않은 얼굴로 살짝 미소짓다가는 또다시 펑펑 눈물을 쏟는다. 귀여운 아가의 고깔모자 같은 작은 돌섬 하나가 코앞에 솔잎우산 한 개 받쳐 들고 정겹게 다가섰다. 글을 사랑하는 문우들이 잔잔한 노랫가락에 실려 파도를 넘나든다.

붉은 가슴 뜨거운 피로 사랑을 태우고도 못다 한 정열을 쏟아 하루를 곱게 여미는 모습을 보고 싶었는데 온종일 비만 내렸다. 저녁이 되자 비는 멈추고 회색빛 하늘에 고요한 어둠이 깔린다.

긴 밧줄에 목숨 걸고 매달려 주인을 기다리는 조각배 한 척이 내 분신처럼 쓸쓸히 흔들리고 있다. 얼마를, 더 흔들려야 하는 걸까, 빛을 잃은 파도가 끊임없이 밀고 또 밀어붙인다. 어이하랴, 삶의 터전에서 겪어야 할 피할 수 없는 시련이라면 아무리 고달파도 극복해야 한다. 그것이 힘겨워 땅 위에 쓰러져 눕는다면 저 배가 할 일이 무엇이겠는가. 제 사명을 다하기 위해 때를 기다리며 몸부림치는 모습이 애처롭다.

짙어가는 서운함이 발밑에서 꾸물거렸다.

그때, 일출의 무대에서는 볼 수 없는 자랑거리 하나가 눈앞에 펼쳐졌다. 하루에 두 번 있다는 간만의 사이, 속마음 드러내 보이며 수많은 발자국의 사연을 듣곤 하는 진솔한 대화의 문이 열린 것이다. 성큼 뛰어 건너가 보고 싶던 돌섬과 길이 트이며 넓은 가슴으로 나를 포옹한다. 너에겐 또 이런 다정함이 있었구나!

너와 나 사이, 이웃과 이웃 사이가 이럴 수만 있다면 얼마나 좋을까, 그러나 군중 속의 고독은 더욱 외롭다. 오랜 시간 홀로서기하며 얼마나 괴로워하고 슬피 울었을까. 속살에 박혀 찢긴 아픔들이 서글프게 웃고 있다. 저마다 그 상처를 짓밟고 서서 하고픈 이야기를 쏟아 놓는다. 홀로 사색에 잠기기도 하고 삼삼오오 옹기종기 모여 콧노래 부르며 웃음꽃을 피우기도 한다.

그 모든 것을 포옹하며 또 얼마나 많은 사연을 가슴에 묻어둔 것일까 시끌벅적 떠들다가 모두 떠나가 버린 뒤, 너는 또 혼자서 하염없이 어둠을 울고 있구나. 그렇게 울면서도 궂은 삶의 찌꺼기들을 잊은 듯 씻어버리며 살아가는 네 모습이 고고하고 아름답다. 심장에 피멍울진 쓰라림도 묵묵히 견뎌내는 인내와 고요함, 그것이 평화로운 삶의 지혜이며 참모습인 것을 왜 모르랴!

하늘에 달이 보이지 않는다고 달이 없는 것은 아니다. 별이 보이지 않는다고 별이 없는 것도 아니다. 감춘 것을 보고 느낄 수 있음이 더욱 소중하다. 우리들 마음속엔 보이지 않는 따뜻한 사랑의 빛이 있다.

처음 만난 분이지만 고마운 선배 문우의 친절한 배려로 동료 몇몇이 어둠 속 해변을 따라 내소사의 숲길을 달렸다. 머리에 닿을 듯 팔을 뻗쳐 아치를 만들고 늘어선 벚꽃나무들- 꽃피는 봄날엔 얼마나 더 운치가 있을까, 밤의 정취가 은은히 물결치며 야릇한 감회가 서린다. 나는 어느새 보고픈 얼굴을 불러 살며시 손잡고 밀어를 속삭이고 있었다.

한 문우가 등불도 촛불도 밝히지 않은 캄캄한 대웅전의 옆문을 열고 들어가서 정성들여 참배를 드린다. 그의 염원을 들어주리라는 부처님의 자비로운 미소가 보름달처럼 떠오른다.

우리나라에서 유일하게 단청이 없다는 대웅전의 문살무늬도 만져보고, 고요한 적막 속에 떨어져 눕는 외로운 나뭇잎의 숨결도 만져보았다. 나지막한 돌담 위에 아기자기한 탑들이 아슬아슬 용케도 버티고 서서 각자 담긴 소망들을 소곤댄다. 그곳엔 달빛도 있고 별빛도 있었다. 사랑의 빛도 있었다.

이튿날, 내면을 살찌울 젖줄을 빠는, 원로작가들의 강의 시간이다. 오늘의 문화가 공격적, 상업적 형태로 바뀌면서 사오정 현상으로 세기말 문학의 위기를 맞고 있다는 것, 그러나 그 속에서 오히려 대중적 친화력으로 풍부해진 수필의 질적 향상이나 문학적 가치를 지니기 위한 과제와 전망, 수필다운 수필의 작법 등, 어미의 초유初乳와 같은 영양가 있고 잘 정제된 엑기스를 골고루 받아먹었다. 특별히 수필에는 '허구가 있을 수 없다'는 견해에서 '어느 정도의 허구는 있을 수 있다'는 상반된 의견을 나름대로 접목해 보고 공감할 수 있는 좋은 기회였다.

허약하고 배고픈 사람 앞에 건강한 성장을 위해 필요한 음식이 차려져 있다면 그 음식을 외면할 수 있을까? "너무 쉬운 수필작법 공부해야 합니다" 청각을 자극한 따끔한 침 한 대가 마비된 근육의 혈을 찔러 피를 순환시켰다. 생동감 있는 맥박 소리가 풍요롭게 들린다.

맑게 갠 밤하늘 가득히 뿌려진 초롱초롱한 별들을 보았다. 그리운 노래와 꿈과 사랑을 비좁은 가슴에 가득 실었다. 감춰진 것은 더욱 아름답다 —사랑은 침묵이라고 천天, 지地, 해海가 얼굴과 손을 맞대고 하나 되어 나의 심장을 두드린다. 궂은날이라고 해서 눈 부신 태양이 있음을 누가 모르겠는가. 생명을 잉태한 산모는 산고를 겪어야 한다.

비바람이 지나간 청명한 자리에 내 삶의 화려함은 없을지라도 고운 노을빛을 그려보리라 조용히 붓을 들어본다.

소백산 산행

2005년 겨울, 동료를 통해서 얼마 전 알게 된 인터넷상의 한 카페는 등산하며 산을 사랑한다는 사람들의 모임이다.

이 산악회에서 소백산 등반을 한단다.

'버스 한 내 정원 45명…' 모집 공고가 올랐다. 사진으로 미리 보는 소백산의 은은하고 부드러운 능선과 주름치마 같은 날짜기며 눈꽃이 나를 유혹했다. 문득 1988년 겨울, 주흘산 산행 때 보았던 환상의 눈꽃 세계가 떠오른다. 낮게 엎드린 갈대밭 눈꽃 숲을 환호하며 헤쳐 가던 모습들, 정상에 올라 가슴 벅차했던 기억들이 파노라마처럼 펼쳐져, 가고 싶다는 충동이 강하게 일었다.

하지만 겨우 한 달에 한 번 정도 가볍게, 쉬운 산행만 다니던 실력으로 과연 따라갈 수 있을까, 또 아직 한 번도 산행을 함께 해보지 않았던 낯선 사람들과 마음 편하게 어울릴 수 있을까, 더구나 산행 날은 영하 10도 이하로 떨어져 근간 들어 제일 춥고 바람도 많이 분다는데… 사뭇 망설여졌다.

공고가 나온 뒤 회원들의 산행 열기는 대단했다. 며칠 안 되어 인원 마감이 임박했다. 선뜻 신청하지 못하고 있는 나에게는 마치 엎치락뒤치락 손에 땀을 쥐게 하는 스포츠 중계라도 보는 듯했다. 그러던 중 함께 가자고 권유하는 동료가 있어 용기를 내었다.

'그래, 나도 할 수 있는지 한번 부딪쳐보자. 오랜만에 눈꽃 구경도 하고, 행여 글감이라도 하나 건질 수 있을지 몰라.' 결정하고 나니 마음이 편했다. 경험하기 쉽지 않은 주흘산 산행 때의 느낌을 또 한 번 맛볼 기회가 될지도 모른다는 생각에 가슴이 부풀었다.

산행 전날 밤늦게까지 필요한 장비며 간식까지 꼼꼼히 챙겼다.

산행 날 버스가 7시에 출발한단다. 늦지 않게 가야 한다는 부담감과 설렘으로 밤잠을 설친 채 아침도 못 먹고 서둘러 나섰다.

버스 안에서 준비된 떡 한 덩이로 아침을 때우며 현지에 도착했다.

선두 그룹, 중간 그룹, 후미 그룹에 책임자 두 명씩 배정하고, 등반 시간을 4시간 30분으로 잡았다. 점심은 산행 중 알아서 간식 정도로 하고, 하산 후에 공동으로 준비한 음식을 함께 먹는다고 했다.

간단한 스트레칭 뒤 10시 30분쯤 등반이 시작되었다.

얼마 못 가서 나는 발에 자꾸 쥐가 나고 걷기가 힘들었다. 후미 그룹에서 따라가기도 버거웠다. 정상은 아직도 까마득한데 아무리 힘들어도 포기하고 되돌아설 수는 없다. 타고 온 버스가 출발지 반대편에 가 있기 때문에 일단 등반을 시작하면 무조건 전진이다. 후미에서 이

끌어 주는 책임자에게 미안해 쉬지 않고 걸었다. 아이젠 한쪽이 헐거워서 몇 번을 조정했는데도 마찬가지다. 결국 푹푹 빠지는 눈 속에서 아이젠 한쪽을 잃어버렸다. 바람이 쇳소리를 내며 매섭게 불었다. 다른 등산객들과 섞여, 누가 우리의 일행인지조차 알아볼 수가 없다. 다만 처음부터 나에게 보조를 맞춰 주며 동행하던 동료와 리더만 보고 걸었다. 그런데 제1연화봉 오르는 계단에서 그들을 놓치고 말았다. 그가 잠시 앞서는 듯싶었는데… 만날 수가 없다.

나 홀로 외로운 산행이 시작되었다. 바람이 가장 몹시 부는 민백이재 칼바람과 맞서며 드디어 비로봉 정상에 올랐다. 그러나 경치를 제대로 조망하며 여유 있게 머물 수가 없었다. 그곳에도 일행은 보이지 않았다. 일행을 빨리 따라가야 한다는 조급한 마음과 표백된 세상을 사정없이 할퀴며 후려치는 칼바람에 몸을 지탱하기 어려워 하산을 서둘렀다. 목이 마르고, 배가 무척 고팠지만, 장갑을 두 개씩이나 꼈는데도 손이 떨어져 나갈 듯 시리고, 배낭도 종이쪽처럼 날려서 초콜릿 하나 꺼내 먹을 엄두가 나지 않았다. 물이 꽁꽁 얼어 물 한 모금도 마실 수 없었다.

몇 차례 간간이 다른 등산객들이 나를 앞질러 지나간 뒤, 앞을 보나 뒤를 보나 아무도 보이지 않았다. 어둑어둑 어둠이 내려앉는 숲길, 골짜기를 지날 때마다 전설의 고향에서나 나올법한, 귀신 울음 같은 바람 소리만 몸 한가득 배어들었다.

빈속에 지친 몸과 발걸음은 감각도 없다. 바람막이 마스크엔 콧물과 입김이 서려 버석거렸다. 아침에 버스 안에서 들었던 뉴스에 '어제 소백산에서 40대 등산객이 저온증으로 사망했다'는 얘기가 현기증을 일으키며 되살아났다. 휴대폰 배터리가 떨어져 연락은 안 되고… 조금만 정신을 놓고 쓰러져 길을 잃거나 다치면, 나도 변을 당할지 모른다는 무서움이 어둠 속 산 그림자처럼 덮쳐왔다. 애써 차분하게 마음을 가라앉히며 걸었다. 아무도 대신 걸어줄 수 없는 춥고 외로운 길을 걸으며 생각했다. 아무리 힘들어도 내가 걸어야만 하는 등산은, 어느 누구도 대신하거나 함께해 줄 수 없는 인생과 같다는 것을. 세상 사람들이 하나의 공동체를 이루며 함께 살아가지만 결국 나의 삶은 오롯이 나의 몫이다.

굽이굽이 산길을 용케 빠져나와 보니 평평한 큰 길이 나타났다. 이젠 다 내려왔나 보다 한숨 놓으니 맥이 풀렸다. 길은 오히려 산길보다 더 미끄러웠다. 아이젠을 잃어버린 한쪽 발이 미끄러질까 봐 조심조심 땅만 보며 걷고 걸어도 인적 없는 길은 끝이 보이지 않고 까마득하기만 했다.

날은 어둡고 행여 일행 중에 누군가 찾아와 주지 않을까, 어디 앉아서 간식이라도 하나 꺼내 먹을까 하고, 잠시 시선을 돌리는 순간 한쪽 발이 미끄러졌다. 넘어지며 겹질려진 발목이 몹시 아팠다. 길에 주저앉아 발목을 주무르고 있는데, 연인처럼 보이는 한 커플이 못 본 척하며 지나갔다. 그들도 갈 길이 바빠 공연히 말을 걸었다가는 짐을 지게 될까 봐 그랬는지 모르겠지만 메마른 인정이 서글펐다. 휴대폰 한

통화만 빌려 썼으면 좋으련만 굳이 불러서 도움을 청하고 싶지도 않았다. 상황이 마냥 앉아서 누군가를 기다릴 수도 없는 터라 아픔을 참고 쩔뚝거리며 한참을 가다 보니 불빛이 보였다. '나를 찾으러 나온 일행인가?' 잠시 착각 속에 얼마나 반갑던지… 택시였다. 그래도 천만다행이다. 더 이상 걷는 건 무리였다

주차장까지는 거리가 얼마 안 되었지만 약속한 대로 대절 차비 4인 요금을 지불하고 일행들을 만났다. 그들은 걱정을 많이 한 듯, 마음 조이고 기다렸다며 달려 나왔다. 내가 도착할 무렵에야 찾아 나서려 했었다는 책임자에게 다소 섭섭함은 있었지만 얼마나 걱정했을까 싶어 오히려 미안함이 더했다. 다친 발이 아프다는 내색도 못 했다. 잠시도 쉬지 못하고 물 한 모금 마시지 못한 채 꼬박 7시간 이상을 걸었던 힘겨운 산행이었다.

그 뒤 다친 발은 뼈에 금이 갔다고 하여 깁스를 하고… 자유롭게 움직이지 못하며 3개월 이상을 쉬면서 양쪽에 목발을 짚고 다니는 것이 얼마나 불편하고 부끄럽던지…

깁스를 하고 보니 장애인들의 고충을 한층 더 피부로 느낄 수 있었다. 건강한 다리로 걸을 수 있다는 것에 감사했다. 비록 발을 다쳐 힘들었지만, 어려움을 극복하고 내려올 수 있었던 소백산 등반은 오래도록 기억에 남을 것이다. 기쁨만이 아닌 괴롭고 외로운 인생길을 사색해 보는 계기가 되었다.

밀양에 다녀와서

안양시 서예대전 입상자들의 휘호가 있는 날, 밤새 잠을 설친 채 서둘러 깔판, 벼루, 붓 등을 챙겨 시청 행사장으로 향하면서 마음은 콩밭에 있었다. 갑장 친구들 몇 명과 함께 꼭 한번 보고 싶었던 친구를 처음 만나러 밀양 가는 날이기 때문이다.

같은 서울, 수도권에 살면서도 겹치는 일로 모임에 참석을 잘 못하다 보니 오랫동안 만나지 못했던 친구들, 그날도 결혼식까지 3가지 일이 겹쳐 있지만 이틀 전 갑자기 연락받고 결정한 일이다. 밀양은 장거리 시골길이고, 혼자 가기 쉽지 않은 기회여서 결혼식엔 축의금만 보내고, 시간만 비켜 가능하다면 함께 하겠다고 하였다. 흔쾌히 절충하여 만남 장소와 시간은 나를 배려하여 잡았다.

아침 일찍 행사장에 도착하여 휘호가 시작되고, 차분히 가져야 할 들뜬 마음이 도무지 가라앉질 않는다.

'되도록 빨리 써서 제출하고 먼저 빠져나가야 해.'

붓끝이 덜덜덜… 속된 말로 누가 널뛰듯 하였다. 일필휘지(?) 제출하고, 간단한 요깃거리로 나눠준 김밥 한 줄만 받아 들고 먼저 행사장을 빠져나와 곧바로 동행하기로 한 모임 장소로 갔다. 그래도 뒤에 우수상 통보를 받아 기쁘고 감사했다.

미리 와서 기다리고 있던 두 친구와 만나 반갑게 인사를 나누고, 잠시 후 도착한 4명과 중간에서 합류한 1명, 일행 8명이 승합차에 올라 목적지 밀양을 향해 출발했다.

밀양 아리랑으로 유명한 선비의 고장 밀양은 용을 뜻하는 옛말 '미르'와 '벌'(벌판)이 더해진 우리말을 한자로 옮기며 나온 말로 '용이 사는 들판'이란 뜻이다. 어릴 때 들어본 장화·홍련의 모태가 된 '아랑의 전설'도 잠시 떠올려 보았다.

기흥 휴게소에 들러 나무 그늘에 자리를 펴고 둘러앉았다. 늦은 점심 식탁이 진수성찬이다. 친구들의 중식까지 염려한 친구가 일산에서 공수해 온 생선초밥, 요리 솜씨 좋기로 소문이 자자한 친구의 전복죽, 돼지고기 수육, 명란젓, 김치… 그 많은 것을 어찌 준비하여 무겁게 들고 왔는지, 혹시 어깨뼈 탈골은 안 되었을까 현금으로 때우고 입만 가져간 나는 미안하고 고마웠다.

빠듯한 경제도 살리고, 한계가 있는 위장의 평수 관계로 아무리 돼지띠들이지만 전복죽은 저녁 식사 메뉴로 아끼자고 하였다.

신선도를 요하는 초밥을 우선으로 이슬이와 함께한 즐거운 식사 시간 꿀꿀꿀… 남녀를 불문하고 입덧을 넘긴 아낙의 배가 어디 따로 있나 깔깔깔… 출산하고 나면 호박즙은 어느 여인이 책임질 거지? 다시 출발~

초행길 길라잡이 내비 아가씨가 피곤하고 귀찮았는지 말 안 듣는 심술쟁이 초딩생처럼 말썽을 부렸다. 이리 갈까 저리 갈까. 헤매며 돌고 돌아 넉넉잡은 예정 시간보다 두 시간 늦게 늦은 9시쯤 목적지에 도착했다.

편안히 앉아서 가는데도 답답한데 장시간 운전하는 친구는 얼마나 스트레스 받고 피곤할까. 그래도 짜증 한 번 내지 않고 묵묵히 안전운전을 해준 친구가 못내 고맙다. 또 친구들이 온다고 온종일 경희는 얼마나 지루하게 맘 졸이며 기다렸을까.

자기를 만나러 올 땐 청심환을 준비해 오라던 친구, 해맑은 모습으로 반갑게 맞아준다. 질병으로 인해 손가락까지 온몸이 뒤틀리고 혼자 일어서지도 못한다. 곱상한 얼굴, 병이 찾아오기 전엔 얼마나 예쁜 모습이었을까. 내적인 아름다움이 외적 장애를 훌쩍 뛰어넘은 고운 모습이다.

일찍 도착하면 함께 부곡으로 나가기로 하였는데 너무 늦은 시간이고, 여러 가지 상황과 경희 어머니의 따뜻한 배려로 의논 끝에 숙소를 그냥 그곳으로 정하고, 하룻밤 합숙하며 만리장성을 쌓기로 했다.

아껴둔 전복죽과 남의 살 구워서 또 이슬이와 함께 주거니 받거니 했다. 캄캄한 밤길이라 자세히는 안 보였지만 입구부터 즐비한 감나무에 등불처럼 주렁주렁 풍요롭고 정감 있게 달려 있던 감들. 어쩜 단감이 그렇게도 달고 맛있는지 둘이 먹다 하나 죽어도 모를 맛이다. 다행히 여럿이 먹어서 그랬는지 죽은 사람은 없다.

따뜻하게 불을 지핀 큰 방과 정갈한 침구였다.

자리를 펴니 자리 잡기에 개구쟁이들 난리굿이다. '남녀칠세부동석'이라지만 우린 일곱 살이 아니니까 괜찮아! 라며 너스레를 떨곤 했다.

밤은 깊어 가는데 야행성인 한 친구와 나는 아직 초저녁이다. 별도 보고 달도 보고 풀벌레 소리도 들으며 말똥말똥해진 눈망울은 개구쟁이들 불침번 서기에 부족함이 없다. 꼬끼오~ 오랜만에 들어보는 첫닭이 울 때까지 우린 '아무 일도 없었다.'

증거물이 없어도 내 눈에 포착된 약술 한 잔 도둑 현장을 목격하고 눈감아 준 것 말고는… 누구누구 공범(?) 먹었다고 말을 할까 말까. 예쁘게 보이면 비밀 지켜줄게.

산골의 상큼한 아침 공기. 아침은 간단히 김치찌개에 라면 먹자고 하여 부지런한 친구가 라면을 사왔는데, 구수한 된장찌개 냄새가 코끝을 간질인다. 어머니가 해주신 밥으로 감사히 아침을 먹고 9시쯤 귀경길에 올랐다.

떠나는 차의 뒷모습을 끝까지 배웅하려고 불편한 몸으로도 마당까지 나와 앉아있던 친구 모습. 만나러 갈 땐 기뻤는데 떠나올 땐 왜 그리 서글퍼지던지, 움직일 수 없는 몸으로 친구들을 그토록 보고 싶어 했던 그리움이 눈가에 촉촉이 남아 있다.

글을 쓰며 몸 성한 어느 누구보다도 건강한 마음을 가진 친구의 모습이 장하고 아름다웠다. 글을 쓰기 위해 자판 하나 두드리는 것도 얼마나 힘들고 불편했을까!

가슴이 찡하고, 글쓰기 힘들다고 꾀부렸던 나 자신이 부끄러웠다. 나에게 한 권밖에 여유 없는《몸, 영혼의 거울》가톨릭문인회 신앙에세이집을 선물로 주었다. 무료할 때 친구 되어 마음의 작은 위로가 되었으면 좋겠다.

어쩔 수 없는 헤어짐, 아쉬움을 뒤로하고 겸사겸사 보고 파했던 우포늪을 덤으로 보고 싶었는데 시간상 방향을 바꾸어 못 보고 온 것이 조금 아쉬웠다. 그래도 영남의 알프스라 불리는 재약산 기슭에 자리한 표충사에 들렀다. 표충사는 신라 무열왕 때 원효대사가 창건한 사찰로 원래는 죽림사였는데 사명대사의 고향 무안에 있던 사당 표충사를 1839년 영정사로 옮겨오면서 붙여진 이름이라고 한다. 사명대사 호국 성지다. 사찰 영역 안에는 유생들을 교육하는 사원과 임진왜란 때 활약한 사명대사, 서산대사, 기허 등 옛 성현들을 제사하는 표충서원이 있다. 불교와 유교가 한자리에 공존하는 특색 있는 사찰이다. 이곳에 사명대사가 입던 가사와 장삼 등 유품 300여 점이 보존되어 있고, 나라의 큰일이 있을 때 땀을 흘린다는 비석과 통일신라시대 석탑 양식으로 지은 삼 층 석탑이 아담하다. 오래 머물 순 없었지만, 대웅전과 대숲, 한참 취기가 오르기 시작한 가을 산을 본 것으로 만족했다.

금강 휴게소에 차를 세우고 강변 아래로 내려와 빙어 뱅뱅도리를 안주 삼아 반주를 곁들인 점심을 먹었다. 약을 복용 중인 친구와 운전대 잡은 친구는 주님(?)을 모시지 못해 좀 미안했지만, 빠가사리 매운탕 맛, '국물이 끝내줘요.'

경희 어머니가 따주신 감도 후식으로 고맙게 잘 먹고, 보람 있는 여정에 함께 한 친구들이 참으로 감사하다.

친구 경희야, 만나서 반가웠고 더 이상 나빠지지 않는 지금의 그 건강한 모습으로 향기 나는 글 많이 쓰고, 행복하렴.

몽골 여행기

몽골은 한민족의 뿌리 격인, 몽고리안족에 대한 막연한 정과 호기심으로 한번 가보고 싶었던 곳이다. 마침 '한·몽 문학 심포지엄'이 있다기에 4박 5일의 일정으로 동행했다.

칭기즈칸의 말발굽 소리가 들릴 것 같은 초원의 언덕을 상상해 보며, 3시간여 만에 도착한 보얀트 오하 국제공항. 공항이라고 하기엔 민기지 않을 정도로 초라해 공항 내부는 작은 도시의 버스터미널 대합실 같았다. 우리 모습을 닮은 몽골인들의 그을린 얼굴, 시골 농부 같은 모습에서도 외국이라는 느낌보다는 우리나라 어느 한 시골 마을에 온 기분이었다.

전세 버스를 타고 몽골의 수도인 울란바토르 도시로 가면서, 군데군데 보이는 양철지붕과 나무집, 겔이 섞여 있는 마을 모습은 우리나라 60년대의 달동네 같았다. 울란바토르의 제일 높은 위치에 이르러, 제2차 세계대전 승전 기념탑이 있는 자이산에서 내렸다. 전망대에 오르는 300여 개의 계단은 하늘에 닿을 듯 까마득히 올려다보인다. 이것이 바로 '천국의 계단'(?)이 아닌가 싶었다. 바람이 몹시 불었지만 청량한 공기는 싸아~하니 박하사탕을 물고 숨을 들이쉰 듯 상쾌했다.

전망대에 오르니 울란바토르 도시가 한눈에 들어왔다. 승전 기념탑 한쪽에는 서낭당처럼 돌무더기를 쌓아놓은 '어워'가 있다. 어워 중심에는 '하닥'이라고 하는 수십 개의 파란색 천을 매단 나무가 꽂혀 있다. 몽골 사람들은 '푸른 하늘', '영원한 하늘'을 뜻하는 파란색을 무척 좋아하며, 파란 천은 존경의 표시라고 했다. 그래서 어워뿐 아니라 길가의 나뭇가지 곳곳에는 소원을 빌며 매단 파란 천을 쉽게 볼 수 있다.

숙소인 바양골 호텔에 여장을 풀고, 민속 공연을 관람했다. 공연은 건국 신화에서부터 마지막 왕까지의 일대기를 거의 춤으로 표현한 것이다. 무희들의 독특한 의상과 장면이 바뀔 때마다 산신령 할아버지처럼 분장한 사람이 전통악기 모린호르라고 하는 마두금을 연주하면서 저음으로 주문 비슷하게 부르던 노래가 인상적이다.

둘째 날 아침, 간간이 비가 내렸다. 도심을 벗어나 양쪽으로 드넓은 초원이 펼쳐지고 울퉁불퉁한 비포장도로를 오지 탐험대처럼 덜컹대며 다섯 시간 만에 도착한 곳은 칭기즈칸의 고향 마을인 시골 뭉근 머리트 캠프지였다. 숙소는 몽골 유목민들의 전통 가옥인 겔이다. 겔 안으로 들어서니 알 수 없는 특유의 냄새가 울컥 비위를 상하게 했다. 코를 킁킁거리며 잠잘 걱정이 태산이었다. 그러나 난로에 불을 지피고 조금 있으니 견딜 만했다. 겔에서 숙박하는 것도 몽골의 색다른 맛을 느낄 수 있는 새로운 경험이 아닌가.

점심 식사 때에는 귀한 손님에게 주기 위해 특별히 만들었다는 몽골의 3대 특산품 중 하나인 '보즈'라는 만두가 나왔다. 양고기로 빚은 것인데 겔에서 맡았던 그 냄새가 나서 떼어먹다가 그만두었다.

오후 프로그램은 말타기였다. 그러나 비가 내려 조금밖에 타지 못하고, 겔 속에 있을 수밖에 없었다. 몽골에서 가장 체험해 보고 싶었던 것이 바로 푸른 초원을 누비고 다녀보는 말타기였는데…. 난로에 장작불을 피워놓고 지붕에 떨어지는 빗소리를 들으니 그 소리가 얼마나 정겹게 느껴지던지… 열린 문으로 내다보이는 강물과 초원, 지평선이 그림처럼 펼쳐져 좋았다. 그런데 날씨는 얼마나 춥던지… 따뜻한 긴팔 옷이 필요하다는 얘기는 들었지만 땀이 많은 나는 여름 날씨가 추워 봤자 얼마나 추울까 싶어 얇은 점퍼 한 개와 반팔 티만 여러 개 가져온 것이 오산이었다. 룸메이트의 옷을 이것저것 빌려서 껴입고는 '불쌍한 거지 신세'라고 놀림받으며 민속공연 흉내를 내면서 깔깔거리던 것도 추억거리다.

셋째 날 아침에도 오전 내내 비가 내려 말타기를 못 한 채, 점심 식사 후 문학 심포지엄 행사장인 테를지로 향했다. 끝없이 펼쳐지는 초원에서 소와 염소, 양 떼들이 한데 어우러져 풀을 뜯는 모습은 무척 평화롭다. 양을 염소와 함께 기르는 것은 양은 길을 잘 찾지 못하지만, 염소는 길을 잘 찾아서 염소들이 양떼를 인도하기 때문이란다. 짐승들도 서로 부족한 것을 도우며 더불어 살아가는데….

어느 곳에 이르니 군데군데 여러 사람이 모여 비를 맞으며 말을 타고 있다. 며칠 뒤에 있을 몽골의 전통적 여름 축제인 '나담 축제'에 출전하기 위한 연습이란다. 가까이 보니 말 탄 마부들이 거의 7세~12세 정도의 어린 소년들이다.

현지에 도착하니 입구에는 커다란 한국어 플래카드가 걸려 있고, 캠프장의 겔들은 뭉근머리트보다 훨씬 깔끔하고 좋았다. 비가 개니 더 싱그러운 초록빛, 눈부신 햇살… 탁 트이는 시원한 가슴, 부느러운 산 능선을 덮고 있는 초원, 그런 초원에 마냥 뒹굴고 싶어졌다.

드디어 문학 심포지엄 시간이다. 제법 깔끔하게 준비된 식당 겔 안에서 둥글게 둘러앉아, 양쪽 시인들의 소개와 자작 시 낭송회가 시작되었다. 현지인 아가씨의 즉석 통역과 함께 문학 교류의 시간은 진행되었다. 예정 시간보다 오래 걸렸지만 늦춰지는 시간을 전혀 의식하지 않는 그들의 여유로움은 몽골인들의 특징이란다. 1부 행사가 끝나고 몽골 음식의 주종인 주식, 양고기 찜과 칭기즈칸 보드카로 2부 만찬의 시간이 이어졌다. 9시가 다 되었는데도 초저녁처럼 밖은 환하다. 10시쯤 되어야 해가 진다고 한다. 백야 현상이다. 활동할 낮이 길으니 하루가 28시간쯤 되는 것은 아닐까? 좋은 점이 많을 것 같다.

때마침, "일몰이다"라고 누군가가 겔 밖에서 말하는 소리에 나가보니, 차르르 흐르는 실크 실루엣을 걸치고 누운 여인처럼, 부드럽게 엎드린 산등성을 넘는 석양이 취기 오른 우리네 얼굴처럼 하늘을 물들이고 있었다.

3부에선 캠프파이어로 절정을 이루었다. 서로가 말은 잘 안 통하지만 눈빛으로, 몸으로 얼싸안고 흥을 돋우며 정을 나누었다. 유별나게 밝은 보름달에 잠을 빼앗긴 밤은 깊어만 갔다.

밤새도록 겔마다 들락거리며 난롯불이 꺼지지 않도록 장작을 넣어주는 종업원들, 처음엔 내가 옷을 갈아입으려는데, 노크도 없이 문을 벌컥 열고 들어오는 바람에 깜짝 놀라 '무슨 저런 사람들이 다 있는가' 생각했다. 나중에 그들을 알고 보니 성실하고 순수한 모습과 친절에 더 없는 정감을 느끼게 되었다.

넷째 날, 테를지의 국립공원 가는 길에 원주민 집에 들러 마유주(아이락)를 마셨다. 약간의 알코올 기운이 감돌았다.

테를지 길목에도 꽤나 큰 '어워'가 있다. 이곳에서 시계방향으로 세 번을 돌면서 소원을 빌면, 이루어진다기에 무조건 따라서 돌았다. 미신 같지만 어떠랴. 행동이야 어떻든 정성을 들여 하늘에 빈다는 마음이 중요하지 않은가.

온갖 들꽃들이 양탄자처럼 깔린 초원을 지나, 톨강이 흐르고, 거북바위와 기암절벽들이 둘러싸인 테를지 국립공원을 관람한 뒤, 다시 울란바토르로 돌아왔다.

첫날 묵었던 바양골 호텔에서 마지막 밤을 보냈다. 동료 몇몇이 새벽 4시가 넘도록 날을 지새우고 있었는데, 잠깐 자리를 뜬 사이에 펼쳐진, 그 어디서도 볼 수 없었던 황홀한 일출의 장관을 못 보다니….

귀국하는 날 오전, 몽골의 역사와 문화의 다양성을 한눈에 볼 수 있는 예술 박물관과 사원, 그리고 몽골 제국의 마지막 통치자 복드 칸을 기리기 위해 지었다는 겨울 궁전을 돌아봤다. 이곳에 전시된 복드 칸이 사용하던 집기 가운데 150마리의 표범 가죽으로 만든 게르를 보면서, 또 칸이 사냥을 좋아해서 잡았다는 각종 동물의 박제를 보면서, 왠지 서글픈 생각이 들었다.

들꽃 초원에서 처음 보는 꽃 한 송이 예쁘다고 꺾어서 모자에 꽂고 좋아라 했지만, 금방 힘없이 시들어 버리는 것을 보며 기념으로 들꽃 한 송이 책갈피에 넣어오고 싶은 걸 이번엔 꼭 참았다. 척박한 땅에서 홀로 핀 야생화라도 오래도록 간직할 수 있었는데… 아직도 아쉬움은 남지만 무엇을, 누군가를 좋아하고 사랑한다는 것은 무엇인지 깊이 생각해 보는 기회가 됐다.

몽골은 우리 민족과 역사의 끈이 닿아 있다는 사실도 깨달았고 그들의 친절, 여유, 자연을 가슴에 담고 돌아왔다. 언젠가는 그 넓은 초원을 몽골의 아이들처럼 마음껏 말 달려 볼 수 있을까, 이런 꿈을 또 꾸어보는 것은 왜일까.

안동 여행기

며칠째 내 안에 가득한 설렘과 불안이 바람처럼 회오리를 일으키며 동동 떠다녔다. 문학 동인들과 함께 두 번째 동인지 출판기념회를 겸한 안동 여행과 맞물려 다가오는 딸아이의 독창회 준비를 위해 신경 써야 할 일들이 기다리고 있기 때문이다. 더구나 행사 일정에 따른 비 소식과 태풍 예보까지 보탬이 되어 나의 못된 야행성 잠버릇을 더욱 부추긴다.

여행 전날 밤, 일기예보대로 적지 않은 비가 내린다. 무척 신경이 쓰이고 머리가 무겁다. 날이 궂으니 여기저기 욱신거리는 몸이 천근이다. 새벽 일찍 서둘러야 할 텐데… 평소보다 일찍 잠자리에 들었지만, 오히려 더 잠을 이루지 못한 채 새벽 4시가 넘도록 뒤척였다. 그냥 조금만 누워 있다가 일어나야지…

깜빡한 사이, 어머나! 벌떡 일어나 집어 든 휴대폰의 시간이 7시 50분이다. 다 틀렸구나! 머릿속이 캄캄했다.

출발 모임 시간은 8시 30분인데 모임 장소까지 가려면 족히 1시간

30분이 걸린다. 곧바로 달려간다 해도 함께 하기엔 도저히 불가능한 시간이다.

급히 회장에게 함께 할 수 없다고 연락하니 늦게라도 와야 한단다. 10~20분 늦어야 얼굴에 철판 깔고 기다려 달라고 하지… 암튼 기다리지 말고 그냥 떠나라 하고 잠시 망설였다.

"아이의 중대사를 코앞에 두고 어미가 되어 곁에서 보살펴 주지 않고 어딜 가냐"는 자책이 날카롭게 뇌리를 스쳤다. 몸이 악기인데 감기 기운도 있다 하고 비도 오는데… 모임에 꼭 책임져야 할 중책을 맡은 것도 아니고, 섭섭하긴 하지만 나 하나 빠져도… 내 결정이 잘못이라며 비 채찍으로 하늘이 질책하는 것 같기도 하다. 아무래도 이리된 것은 가지 말라는 뜻인가 보다. 여러 가지 정황을 생각하면 이번 여행은 포기하는 것이 순리인 것 같았다. 그래도 미리 예약한 회원들과의 약속인데… 여행을 가기로 한 나의 오기가 고개를 들고 일어섰다. 복잡한 머릿속이 갑자기 벌집 쑤셔놓은 듯 윙윙거린다.

따로 고속버스를 타고 뒤따라가면 중간에 휴게소나 안동 터미널에서 만날 수 있지 않을까? 서둘렀다. 눈곱 떼고 눈썹과 루주만 바르고 10분 만에 준비 끝, 신발도 만만해야겠기에 한쪽 구석에 볼품없이 밀려있던 가장 낡은 신발에 발을 푹 집어넣고 집을 나섰다.

추적추적 비는 내리고 겅중겅중 질척거리며 떼어놓는 내 발걸음이 한심했다. 고속버스 시간은 또 어찌 될지. 난 심각한 길치인데 너무 늦어 못 만나고 헤매면 어쩌지? 포기하는 게 더 나을 걸 공연히 회원들 신경만 쓰게 하는 건 아닐까? 꼬리를 물고 따라붙는 생각들이 궁시렁대며 한 짐 무겁게 어깨에 매달려 좇아온다. 머릿속이 가동된 중고 세탁기처럼 정신없이 철퍼덕거리며 돌아간다.

9시 40분 안동행 버스에 올랐다. 일행은 9시에 출발했단다. 40분 차이다. 중간중간 자주 연락하면서 중도에서 만나자고 했다, 몇 차례 만남을 시도해 보았지만, 버스가 가고 있는 길의 방향이 서로 달라 만날 수 없었다. 결국 나 홀로 안동까지 가기로 했다.

회원들의 첫 도착지는 병산서원이며 그곳에서 하회마을로 간단다. 고속버스 기사의 조언은 안동 터미널에 도착하여 곧바로 하회마을로 가면 시간이 거의 맞을 거라며 그것이 가장 빠른 방법이라 한다. 그런데 터미널에서 하회마을은 거리가 멀고 버스도 자주 없어 택시를 타야 하고, 요금은 2~3만 원 정도 나온단다. 그럼 고속버스비까지 5만 원이란 거금이 아깝다. 이때 틈을 엿보았는지 헐레벌떡 물 한 모금 받아먹지 못한 배꼽시계가 꼬르륵 신호를 보냈다. 회원들 차엔 김밥도 있고 약밥도 있다는데…

벌이다 벌, 그래도 어쩌겠는가? 조금이라도 시간 단축을 위해서 기사님 도움으로 버스 도착시간에 맞춰 콜택시를 대기시켰다.

안동 터미널에 도착하자마자 기다리고 있던 택시에 탑승했다. "하회마을로 가 주세요." 그리고 일행과 통화를 해보니 회원들은 이제 막 병산서원에 도착했단다. 기사님의 말에 의하면 병산서원은 하회마을과 같은 방향으로 가다가 중간에서 갈라지며 양쪽 다 비슷한 거리로

20분 정도 소요된단다. 그럼 병산서원으로 가자고 방향을 돌렸다.

구불구불 차 한 대가 비껴가기도 어려운 좁은 비포장 길, 비가 그치고 말끔히 닦인 초록들이 싱그럽다. 어찌 되었든 자연 속으로 빠져들어 가는 상쾌함이 복잡한 머리를 순식간에 순화시켰다. 이래서 여행은 즐겁고 좋은 거야.

드디어 목적지에 도착, 주차장에서 회원들이 타고 왔음을 첫눈에 짐작할 수 있는 미니버스를 발견하고 달려가서 확인, 짐 가방을 밀어 넣고 주위를 둘러보았다. 낙동강 줄기다. 주차장 아래 넓은 강과 함께 해수욕장 같은 모래사장이 드넓게 펼쳐졌다. 나중에 들으니 이곳에서 회원들은 이미 물수제비도 뜨고 달리기도 하며 한바탕 노닐고 지나간 뒤란다. 지금 어디쯤 모여 있을까.

큰 기와집 쪽을 향해 두리번두리번~ 와우! 일행을 만났다. 이산가족 만남의 기쁨이 이러하리라. 손뼉을 치고 포옹하며 반겨주는 얼굴들이 그렇게 예쁘고 고마울 수가 없다. 정녕 '꽃보다 아름다워'다. 벅찬 감정을 해소하며 마음 쓰린 거금(?) 얘기가 나오자 찔려도 아프지 않은 예쁜 가시 하나가 나를 콕 찌른다.

"벌지 못하면 쓰는 걸 아끼고 잘 써야지 하하"

"맞다 맞아"

푸하하… 회원들의 박장대소는 순식간에 병산서원 둘레에 함박꽃을 가득 피운다. 쓰지 않아도 될 거금을 써서 좀 아까운 생각이 들었던 황금빛 신사임당 얼굴도 활짝 폈다. '잘했어 참 잘했어' 함께 하는 이 순간의 기쁨만으로도 그 대가는 충분히 보상받고도 남는다.

풍산서원은 풍산현에 있던 풍악 서당으로 류성룡 선생을 기리기 위해 만든 서원이며 서원 앞의 산이 병풍처럼 아름답게 펼쳐져 있다고 하여 병산이라고 한단다. 나무들이 있는 그대로 자연스럽게 지어진 건축의 백미를 맛볼 수 있다는 만대루에서 바라보면, 병산의 아름다움을 만끽할 수 있다는데 보수 중이라 그곳에 오르지 못해 아쉽다. 그래도 서원 중앙에 위치한 가르침을 바로 세운다는 의미의 '입교당' 대청마루에 삼삼오오 걸터앉는다. 자기를 낮추고 예로 돌아가라는 뜻의 '복례문'도 통과하고 다음 코스로 가기 위해 발길을 옮긴다. 버스를 타기 전, 처음 눈에 들어왔던 낙동강 모래사장을 나 홀로 뛰어가 거닐며 먼저 찍어 놓은 회원들의 발자국도 발견하고, 짧은 순간 심호흡도 하며 버스에 몸을 실었다.

하회 마을로 향했다. 우선 중식을 하기 위해 화회 장터로 갔다. 장터 입구의 물레방아와 기와를 얹은 장터 간판이 인상적이다. 장터에 들어서자 맛집 간판을 새긴 장승도 눈에 들어온다. 안동의 별미 안동찜닭을 먹기 위해 밖이 탁 트인 음식점에 자리를 잡았다. 끼니를 거르고 때를 넘긴 내 배꼽시계의 반응은 냉수도 벌컥벌컥~ 진수성찬이 따로 없다. 찜닭이 더욱 꿀맛이다. 이에 전통 탁배기 한잔이나 유명한 안동소주 한 잔쯤 곁들였으면 금상첨화인데… 대부분 술을 잘 못하는 회원들이라 안 산 건지 없어서 못 산 건지 알 수는 없지만 0.1%의 아쉬움은 깨소금 양념이다.

하회마을로 들어가는 입장 티켓을 끊고 셔틀버스에 오른다. 여기서도 나 홀로는 존재했다. 경로 우대 입장티켓 무료. 좋은 건지 나쁜 건지 암튼 기분 괜찮고, 푼돈이라도 살림에 일조하니 좋은 것 아닌가.

5분여 달려 하회마을 입구에 도착하여 안내표지 앞에서 해설자를 만나 잠시 안내를 들었다. 하회 마을은 낙동강 물이 S자형으로 마을을 감싸 돌고 있어서 붙여진 이름이란다. 풍수지리적으로는 형국상 태극형, 연화부수형, 행주형을 하고 있으며 집들은 구릉을 중심으로 낮은 곳을 향해 배치되어 있기 때문에 집의 좌향이 일정하지 않고 동서남북 각각으로 집들이 앉혀져 있는 것이 특징이란나. 또한 사람들이 가장 살기 좋은 곳이라 했다.

마을로 들어가는 길가의 연밭이 발걸음을 잡는다. 밭둑에 세워진 여러 개의 허수아비와 연밭이 가을과 잘 어우러져 있다. 그 앞에서 몇몇 동심은 춤추는 허수아비 포즈로 인증 샷, 깎아지른 절벽과 강물, 봄이 아니라서 벚꽃은 볼 수 없지만 양쪽으로 드리워진 벚꽃 가로수 흙길은 환상적이고 딱 나의 취향이다. 비 소식도 도망가고 뜨겁지 않은 햇살과 잔잔한 바람과 겉옷 하나 걸쳐도 덥지 않고, 벗어도 춥지 않은 초가을 날씨다. 부딪히는 인파도 없이 맑은 공기 마시며 즐길 수 있는 여유로운 산책이다. 이보다 더 좋은 날이 어디 있을까, 길을 걸으며 행복해하는 회원들의 기분은 최고조로 상승하였다.

하회 마을은 풍산류씨의 씨족 마을로 초가와 기와가 어우러져 보존

된 곳이다. 이 마을에서 집의 규모가 웅장하고 전형적 사대부 가옥의 면모를 갖춘 북촌댁 화경당 앞에 머물렀다. 어버이와 임금님을 섬긴다는 뜻의 화경당, 동네에서 인심 좋고 베풀며 살았다는 위엄 있는 양반댁이다. 대문 앞에 새겨진 글 중에서 '부자가 모범을 보여야 나라가 발전하고 흥한다.'는 말이 기억에 남는다.

마을을 지키는 수령이 600년 된 삼신당 느티나무, 아기를 점지해 주고 출산을 돕는 신목이란다. 소원을 적은 메모들이 나무 둘레를 치마처럼 두르고 있다. 나뭇가지에도 나뭇잎처럼 다문다문 잎사귀 사이에 섞여 소원을 비는 마음을 담고 있다. 종교는 다르지만, 소원성취, 만사형통을 비는 마음이야 뭐 다르겠는가. 나도 가족들의 건강과 아이들의 밝은 앞길을 위해 몇 자 적어 치마폭에 걸었다. 잠시 머뭇거리다 일행의 꼬리를 놓치면 회원들이 어느 곳에 들어갔는지 잘 모른다. 숨바꼭질하기에 안성맞춤이다.

나지막한 흙담 벽을 돌며 타임머신을 타고 과거로 돌아가는 듯했다. 담 위에 눌러앉은 이끼 낀 기와의 풀들이 살며시 속삭이고, 아직은 풋풋하게 볼이 발그레한 감들이 오밀조밀 나뭇가지에 매달려 담 밖을 내다보는 모습이 정겹다. 발길 닿는 곳마다 아담한 골목의 멋스러운 정취가 가득하다. 어느 초가집 담 옆 앞마당의 해바라기와 눈을 마주치며 찰칵. 밋밋한 토담 아래 붉은빛이 유난히 고운 맨드라미의 미모가 탐스럽다.

풍산류씨의 대종택이라는 양진당을 지나 마을의 소망을 비는 곳이라는 충효당에 들렀다. 류성룡의 손자와 제자들이 생전에 학덕을 추모하기 위해 지었다고 한다. 충효당에서 계단을 오르내릴 때 연로한 어른들을 돕기 위해 잡으라고 처마 밑에 달아 늘어뜨린 새끼줄도 잡아보고… 가지가 유난히 많이 뻗은 매화나무를 바라보며, 류성룡의 전시관 영모각에서 유품과 교지 등을 뜻깊게 둘러보았다.

충효당 앞에는 영국 여왕 엘리자베스 2세가 심어놓았다는 기념식수가 있다. 짧은 시간이라 구석구석 알뜰히 챙겨보지 못한 아쉬움도 남지만 들리는 곳마다 고유의 개성이 있고 철학이 깃들어 있음을 흠씬 느낀다.

다음은 보기만 해도 웃음이 절로 지어지는 하회탈 전시관이다.

각 나라마다 풍기는 특유의 색깔들을 음미하며 역시 풍자와 해학의 메시지가 담긴 우리나라 하회탈이 가장 멋있고 격조 있게 느껴진다. 웃고 있어도 아련한 애환이 깃들여 있다. 우리들 삶이 아무리 외롭고 슬프고 고달파도, 누구나 어떤 상황에서든 하회탈처럼 웃으며 살았으면 좋겠다. 여기서 제2동시집 《옆에만 있어 줘》에 발표한 〈하회탈〉 동시 한 편을 건졌다.

하회마을 탈은/ 탈이야 탈//

화나도 웃고/ 슬퍼도 웃고/ 싫어도 웃고/ 아파도 웃고/ 미워도 웃고/ 탈이야 탈//

양반도 웃고/ 선비도 웃고/ 할미도 웃고/ 각시도 웃고/ 중도 웃고/탈이야 탈//

하회마을은/ 웃음이야.

—〈하회탈〉 전문

세계문화유산 전통 마을답게 양반댁 한복 옷차림을 하고 방문객을 반겨주는 입구의 양반 동상을 뒤로하며 석식을 위해 버스에 오른다.

또 하나의 안동 풍미를 맛보기 위해 찾은 곳은 안동역 앞에 있는 안동 간고등어 집이다. 20년 전통을 자랑한다는 오리지널 간잽이 집. 제대로 된 간고등어의 진미를 맛보고 예정보다 좀 늦은 시간 숙박 장소인 수애당으로 향했다.

어둠 속을 뚫고 찾아간 전통 고택의 대문 앞에서 고택에 익숙지 못한 몇몇 회원들은 캄캄한 밤에 대하는 고즈넉한 분위기가 무섭다며 겁을 먹기도 했지만 그건 잠시였다.

반갑게 맞아주는 주인마님의 여성스럽고 고운 자태가 고풍스러운 고택 분위기와 잘 어울린다는 생각이 들었다. 수애당은 독립운동을 한 수애 류진걸 선생의 호를 따서 당호를 지었단다.

숙박할 4개의 방을 안내받고 곧바로 우리는 본 행사를 위해 대청마루에 둘러앉았다. 차기 회장을 선출하는 총회와 더불어 동인지 출판기념식을 가졌다.

제목도 표지도 예쁘게 말랑말랑 갓 빚어서 쪄낸 송편처럼 한 그릇에 아담하게 담긴 동시들이 값져 보이고 사랑스럽다.

"작품은 충격적으로 써라. 인간적으로는 따뜻하고 작품에 대해선 오만해져야 한다. 작가로서 정체성을 가져야 한다. 치열하게 진정성을 가지고 쓰라"는 짧고도 엑기스 같은 선생님의 격려사가 영양가 높은 영양제로 충전되었다.

자리를 옮겨 큰 방에 모여 뒤풀이가 시작되고 게임을 하며 한바탕 웃음꽃을 피웠다. 게임을 할 때나 상품을 타는 즐거움은 아이들이나 어른이나 마음은 똑같다. 본 문제를 푸는 것보다 짓궂은 방해 작업이 더 흥미롭다. 깊어가는 밤, 무르익어가는 우리들의 이야기는 밤새 나눠도 좋을 만큼 끊일 줄 모른다. 아쉽지만 자리를 털고 각자 룸메이트를 찾아 잠자리에 든다. 각 방에서 또다시 이어지는 이야기들… 나도 며칠 동안 숙면을 못 한 채 아침부터 허겁지겁 피곤했음에도 쉽게 잠이 오지 않는다. 고택이다 보니 화장실과 샤워실이 하나밖에 없어 다소 불편하긴 했지만 새로운 경험의 의미 있는 밤이다.

이튿날 아침에 일어나니 비가 부슬부슬 내린다. 우산을 펴들고 수애당 뜨락과 주위를 한 바퀴 돌아본다. 간밤엔 자세히 보지 못한 전경이 또 다른 느낌으로 다가온다.

어젯밤 주인마님이 "내일 아침을 기대해 보라"고 하던 아침 밥상이 대청에 차려졌다. 간결하고 정갈하다. 아무 말 없었으면 흡족했을지도 모를 담백하고 부족함 없는 상차림이 기대하란 말을 들은 때문일까? 좀 더 전통적이고 토속적이었으면 하는 기대감도 약간은 없지 않았다. 식후 특별히 준비한 따끈한 연잎 차를 마시고, 여유롭게 담소하며 뒤뜰의 대추도 따 먹고, 좀 더 머물고 싶은 아쉬움을 남긴 채 10시쯤 도산서원으로 이동했다.

서원으로 향해 평평한 산책로를 따라 들어갔다. 가는 길 약간 꺾어진 언덕 소나무 그늘에서 금강송이라고도 불리는 붉은 소나무도 보고, 길 우측엔 강이 흐르고 천광운영대에서 바라본 강 건너 풍경이 아름답고 풍요로웠다.

도산서원 앞마당에 이르니 오랜 세월 서 있기가 힘겨웠는지 구불구불한 가지를 용트림하듯 옆으로 길게 뻗은 고목나무가 지킴이처럼 우람하게 버티고 있다. 400년 넘은 허리 꼬부라진 왕버들도 지팡이를 짚고 서서 나의 발길을 붙든다. 신록에 둘러싸여 아담하게 들어앉은 도산서원을 앞마당에서 바라보니 무척 평화로워 보였다.

정문으로 들어가서 정겹게 느껴지는 사립문(유정문)을 통해 퇴계 선생이 직접 설계하고 지으셨다는 도산서당에 들어섰다. 서원의 모태격인 서당은 하얀 한지로 벽을 바른 세 칸짜리 소박한 집이다. 마당엔 정우당이라 칭한 연꽃 연못이 있다. 퇴계 선생의 인품과 정서를 조금이나마 가늠해 볼 수 있었다. 제자들이 공부하던 기숙사를 둘러보고 책을 보관하던 두 채의 서고 사이에 있는 '학문을 통하여 도로 나간다'는 진도 문을 거쳐 전교당 대청마루에 걸터앉았다. 한석봉이 임금님 앞에서 편액을 직접 썼다는 도산서원이다. 감회가 새롭다. 서원 왼쪽으로 나오니 관리인들이 사는 살림집이 있다. 가마솥이 걸린 부엌 창문에 걸터앉아 한 컷 찰칵, 내려오면서 가파른 계단 위에서 보이는 반듯하게 솟아 올라온 지붕들이 기품 있는 한국의 멋을 풍긴다. 전시관에서 퇴계 선생의 유품을 보고, 서원의 곳곳에서 진리를 탐구하는 한 지식인으로서 그 앎을 자신의 삶에 실천하며, 제자들을 길러냈던 숨결을 느낄 수 있어 좋았다. 퇴계 선생의 친필이라는 역락서재 현판 글씨가 특별한 의미를 느끼게 한다.

천 원 지폐 속에 나오는 도산서원을 직접 눈 속에 한가득 담고 다시 앞마당에 내려서니 강을 향해 돌아앉은 큰 나무 그늘 아래 벤치가 한가롭다. 마당 한켠엔 식수로 사용한 열정이라는 우물 정자 모양의 우물이 있다는데 그만 못 보고 깜빡 기회를 놓치고 말았다.

잠시 벤치에 앉아 조용하고 아름다운 주변 경관에 취해 담소를 나눴다. 축대를 둥글게 높이 올려세운 시사단도 시원스럽게 보인다. 과거시험을 보던 곳이라 한다. 그때 물 위로 선비의 풍모를 갖춘 두루미 한 마리가 공연을 펼치듯 나지막이 춤을 추며 날아갔나. 마냥 앉아 있어도 좋을 분위기지만 마지막 여행 코스인 이육사 박물관으로 가기 위해 일어섰다. 박물관 가는 길에 퇴계 종택 앞을 지나며 들리지 못함이 조금 아쉬웠다.

이육사의 독립 정신과 업적을 학문적으로 전시해 놓은 문학관에 도착했다. 깊은 산속에 자리한 그리 크지 않은 아담한 현대식 건물이다. 도착하자 곧바로 이층 영상실에서 이육사의 생애를 엿볼 수 있는 영상물을 감상했다.

—'광야에서 부르리라' 행동하는 민족시인 이육사 — 가슴이 뭉클했다. 17번의 옥살이를 하며 민족의 슬픔과 조국광복의 염원을 노래한 이육사는 가족 모두 독립투사 집안이다. 절로 고개가 숙여지고 숙연

해진다. 본명은 활, 이원록이며 이육사는 감옥 수감번호 264를 그대로 딴 필명임을 새삼 상기시켰다. 1~2층 전시장에서 시집, 사진, 육필원고 등 다른 시인들의 육필원고도 관람하였다. 우리들 가슴에 생생하게 기억되는 시 〈광야〉, 〈청포도〉, 〈절정〉 등, 벽에 걸린 액자와 기계에서 재생시켜주는 시낭송을 조용히 감상하며 그의 민족정신과 문학정신을 본받아야겠다는 생각을 하였다.

청포도 시비가 있는 곳에서 다시 한번 시를 음미하고, 문학탐방 기념으로 귀한 《청포도》 시집을 공동으로 사서 한 권씩 선물로 나눠 받았다. 뿌듯했다. 문학관 뒤편에 이육사 시인의 생가 육우당 모형과 동상이 있다는 걸 모르고 놓치고 온 것이 못내 아쉽다. 그래도 문학 작품 배경지를 찾아 문학 작품에 대한 공감대를 형성하고, 항일 운동을 하다 옥사한 이육사 선생의 애국정신을 되돌아보는 계기가 되어 뜻깊었다.

문학관 관람을 끝으로 수애당 주인마님이 소개해 준 전통 고택 '수졸당'으로 가서 난생처음 먹어보는 헛제삿밥으로 점심을 먹었다. 아무런 조미료도 넣지 않은 담백한 비빔밥이다. 내겐 무엇보다도 굴젓과 안동식혜가 맛있었다.

상경 길에 오르며 늦게라도 포기하지 않고 합류하길 참 잘했다고 스스로를 토닥였다. 여행은 기회 있을 때 즐기며 하는 거야. 똑같은 기회는 두 번 다시 오지 않는다.

인연
—남미여행

코로나19 팬데믹 2년 만에 사망자가 1,400만 명을 넘었다고 한다.

그중에 특별한 인연으로 알게 된 한 사람, 아르헨티나에 교민으로 사시던 J 여사님이 그 안에 들어가 계시다. 연일 환사가 늘어나고 사망자 수가 늘어나도 내겐 그냥 안타까운 수치이고 막연한 걱정일 뿐, 바로 내 주위에서 지인이 사망한다는 건 상상도 못 했고 도무지 실감이 나지 않는다.

5년 전에 한국을 다녀가시면서 3년 뒤에 다시 한번 오겠다고 하셨는데 코로나 확산으로 못 나오셨다. 코로나가 시작될 무렵 한국을 걱정하고, 우리 가족들을 걱정하며 예방법을 열심히 알려주면서 풀리면 오신다더니… 코로나로 돌아가셨다는 부고를 전해 받았다.

여사님과의 인연은 딸아이로부터 시작되었다. 노래를 좋아하고 잘 부르시던 여사님은 성악을 전공한 딸(소프라노 김유미)의 공연을 보고 감동하며 무척 아끼고 좋아하셨다. 그리고 딸아이가 유학을 마치고 귀국하여 한참 활발히 활동할 무렵 아르헨티나까지 초청해 주셨다.

2015년 9월, 아르헨티나 한인회에서 이민 50주년 기념으로 여러 가지 행사가 있었다, 이곳에 딸아이가 '가곡의 밤' 행사에 연주자로 특별 초청을 받았다. 비행기표, 숙식, 모든 것이 한인회에서 제공되었다. 딸아이는 그때 묵을 숙소와 식사가 제공되니 엄마도 비행기값 자비 부담으로 같이 가고 싶으면 가자고 하였다. 쉽게 가기 힘든 남미 여행을 할 좋은 기회라 쾌히 동행하기로 하고 20여 일간의 여정 준비에 나섰다.

아르헨티나의 수도 부에노스아이레스는 스페인어로 '좋은 공기'라는 뜻이며 탱고로 유명한 곳이다. 이곳에서 초청해 주신 한인회 교민 L 여사님 댁에서 여정을 풀었다.

며칠 동안 이어지는 기념행사에 '가곡에 밤' 공연은 9월 11일 떼아뜨로아베니아에서 열렸다. 외화나 영화에서 보았던 분위기 있고 화려한 극장 무대 위에 선 딸아이의 특별공연 모습, 감회가 새로웠다. 무척 힘들었지만 8년간 이태리 유학생활을 뒷바라지했던 보람과 기쁨을 한순간 느끼며 행복했던 시간이었다.

'가곡의 밤' 공연과 더불어 라플라타 대학에서 펼쳐지는 각종 '한국의 날' 행사가 있었다. 나도 여기에 참석을 하여 우리나라의 멋을 알릴 수 있는 〈한국의 멋〉이라는 타이틀로 부채 작품 개인 전시를 할 수 있었다. 출국하기 전에 여사님의 요청으로 행사장에 자리를 마련해 주신 것이다. 시일이 임박하여 며칠 밤을 새워가며 문인화로 그림을 그려 마련한 부채 작품 40여 점을 준비해 갔다.

특별히 마련해준 전시장에서 개인 전시를 하며 그 자리에서 교민들과 원주민들에게 직접 그림을 그려주는 휘호도 있었다. 교민들 가족은 물론 그곳 원주민 아이들이 한국의 부채 그림을 얼마나 좋아하고 흥미롭게 생각하던지… 그 자리에서 스스로 그림을 그려보게 하는 현장 학습도 실시하였다. 무척 즐겁고 보람 있는 행사 일정이었다.

행사가 끝난 며칠 뒤 뜻밖에 한국대사관의 초청을 받아 우리 모녀는 여사님과 함께 대사관을 방문하게 되었다. 그때 나는 지름 1m가 넘는 공작새 그림 대형 부채를 기증했다. 방명록 쓰는 곳 바로 위의 벽에 걸어놓겠다고 하여 좀 더 잘 그렸으면 하는 아쉬움도 있었지만 한편으론 영광이고 마음이 흐뭇했다.

여행을 목적으로 여행사 스케줄을 따라간 것이 아니기에 여사님의 안내로 따로 일정을 잡아 개별적으로 유명한 명소 몇 군데를 찾았다.

세계에서 가장 큰 브라질과 아르헨티나 쪽에서 본 이과수 폭포, 여기서 노트르담 수녀회의 가브리엘라 수녀님을 만나 브라질 여행을 함께 하게 되었다. 그 인연으로 아직도 카톡 친구로 소식을 주고받는다.

브라질이 자랑하는 세계적 관광명소이자 가톨릭 성지의 하나로 손꼽히는 곳, 리오 데 자네이로의 코르코바두산 정상에 우뚝 선 예수님 조각상을 바라보며 가슴이 벅차올랐다. 예수님을 직접 뵈온 듯 얼마나 감격스럽고 은혜로웠는지 모른다. 더불어 리오데자이네로 카테드랄 대성전과 성당 안의 예수님. 방산에 올라가서 본 야경, 코파카바나 해변에서의 추억을 잊을 수 없다. 세계 최대 규모의 '구세주 그리스도 예수님' 조각상은 세계 7대 불가사의에 선정되었다고 한다.

아르헨티나 파타고니아 지방 L칼라파테—페리토 모레노빙하 트레킹-무너져 내리는 만년설의 빙하를 감격스럽게 직접 바라보며, 실제로 빙하 위를 걷는 빙하 트래킹을 딸과 함께 하였다. 몇 명 안 되는 동양인 중 내가 가장 연장자인 듯 안전사고 방지를 위해 현지 가이드가 처음부터 끝까지 직접 나의 손을 잡고 도와주며 특별히 신경을 많이 써주었던 고마움도 잊을 수 없다.

아르헨티나 대통령, 뮤지컬 '에비타'의 주인공인 에바페론 등 유명 인사들이 묻혀있고 많은 묘들이 문화재로 지정될 정도로 역사적 예술적 가치가 뛰어난 레콜레타 묘지.

세계 3대 극장 중의 하나인 꼴론 극장, 고급라이브 탱고 쇼 공연. 칼라파테 박물관에서 본 세계에서 가장 큰 공룡, 거리 곳곳에서 남미 특유의 낭만과 분위기를 느낄 수 있는 탱고, 와인과 함께 풍미를 즐기며 가장 맛있게 맘껏 먹을 수 있었던 육즙이 부드러운 스테이크, 산텔모 벼룩시장 주말장터, 공원을 산책하며 독특한 물건과 아기자기한 수공예품 아이쇼핑 등등…

부에노스아이레스에서 언니처럼 친절히 안내해주고 잘해 주셨던 여사님 덕분에 20여 일 딸과 함께 지내며 쌓았던 좋은 추억들이 바로 엊그제처럼 생생하게 남아있는데… 그 인연이 이리도 허무하게 끊어질 줄 몰랐다.

딸아이가 결혼을 하면서 여건이 여의치 않아 활동을 못 하고 있는 것을 무척 아깝게 생각하며 늘 안타까워하셨던 여사님. 언젠가는 또 다시 딸아이의 공연을 볼 수 있으리라 기대하며 활동 재개를 그토록 염원하셨는데… 보고 싶습니다.

고인의 명복을 빌며 영원한 안식 주시기를 두 손 모은다.

달팽이는 뒤로 가지 않는다

초판 인쇄 2022년 7월 05일
초판 발행 2022년 7월 15일

지은이 김 귀 자
펴낸이 장 지 섭
본문디자인 김 은 숙
인쇄·제본 (주)금강인쇄
펴낸 곳 도서출판 시인
등록번호 제384-2010-000001호
등록일자 2010년 1월 11일
14019 경기도 안양시 만안구 수리산로 48번길 9(안양동) 청화빌딩 3층 302호
Tel 031-441-5558 Fax 031-444-1828
E-mail : siin11@hanmail.net

ISBN 979-11-85479-31-6 (03810)